KB235493

국제가수 싸이는
게릴라다

국제가수 싸이는 게릴라다
PSY Guerilla

초판 1쇄 인쇄 | 2013년 2월 20일
초판 1쇄 발행 | 2013년 2월 25일

지은이 | 윤문원
펴낸이 | 심윤희
디자인 | 최은숙

펴낸곳 | 씽크파워
출판등록 | 2005년 10월 21일 제393-2005-15호
주소 | 서울 종로구 명륜동 2가 22번지 토가빌딩 5층
전화 | 031) 501-8033
전화 | 031) 501-8043
이메일 | yun259@hanmail.net

ISBN 978-89-957385-9-7 (03810)

*잘못된 책은 교환해 드립니다.
*책값은 뒤표지에 있습니다.

국제가수 싸이는 게릴라다

윤문원 지음

PSY
Guerilla

씽크파워
THINK POWER

왜 싸이PSY인가?

내가 이 책을 쓰는 이유는 〈강남스타일〉의 성공 결과만을 가지고 선풍적인 인기에 편승하여 싸이를 영웅으로 만들자는 것이 아니다. 물론 싸이가 월드 스타가 된 것이 집필의 계기는 되었지만 수많은 시행착오와 실패, 시련을 겪으면서도 도전과 열정과 창의성과 끈기를 가지고 성공 스토리를 엮은 싸이를 통해 인생을 배워 보자는 것이다.

아무런 실수 없이, 모범적으로 성공한 것에서만 배움과 교훈이 있는 것이 아니다. 성공한 정치인이나 경제인, 학자, 종교인들의 성공이나 삶만 본받아야 하는 것이 아니다. 오히려 실수투성이의 삶에서 건져 올린 성공이 더욱 값지며 배움과 교훈을 줄 수 있다. 대중과 호흡하는 제대로 된 '딴따라'의 삶에서 건져 올린 인생 코드가 훨씬 더 설득력이 있을 수 있다는 생각에서 이 책을 집필하게 되었다.

국내에서 엽기 가수로 알려졌던 싸이가 〈강남스타일〉의 성공을 계기로 월드 스타로서 국제가수가 되었다. 어떤 사람은 싸이의 성공이 우연한 기회를 잡은 행운이라고 할지 모르겠다. 맞다. 행운은 행운이다. 하지만 재능 없이, 노력 없이, 준비 없이 이루어진 행운은 아니라는 점이다. 싸이의 성공은 우연한 행운이 아니다. 수많은 노력과 시행착오, 열정과 집중, 창의성과 끈기에 의한 결과이다. 행운이란 노력과 재능과 기회가 맞아떨어졌을 때 나오는 것이다.

싸이는 충분히 안주할 수 있는 집안 여건과 환경을 가지고 있음에도 자신이 하고 싶은 일, 자신이 잘할 수 있는 일에 도전했고, 열정을 바쳤고, 창의성을 발휘하여 자신만의 특징을 살린 노래와 춤을 만들어 부르고 췄다. 실패를 전화위복으로 삼았고 시련을 긍정적 사고로 극복하면서 다시금 안주할 수 있는 길을 마다하고 자신의 꿈인 가수의 길을 걸어왔다.

　싸이는 단순한 딴따라가 아니다. 그는 시대의 트렌드를 파악하면서 철학을 가지고 자신의 음악 색깔을 지켜왔으며 광대가 되어 대중들의 욕구를 충족시켜왔다. 그의 그동안의 국내가수 활동은 국제가수가 되기 위한 오픈 게임에 불과하며 그동안 싸이에게 불어 닥친 시련은 국제가수로 성장시키기 위한 단련이었다는 생각이 든다.

　싸이가 〈강남스타일〉 성공 이후 인터넷에 업로드 되어 있는 외국에서의 활동한 동영상을 보면 왜 그가 월드 스타인지 실감할 수 있을 것이다. 특히 영국 옥스퍼드대학교에서의 강연과 마돈나의 뉴욕 메디슨 스퀘어 가든 공연에 게스트로 참가하여 합동 공연한 모습을 보면 월드 스타로서 손색이 없다. 유창한 영어 구사와 자신감 있는 태도를 보면서 국내가수 활동을 할 때보다 훨씬 더 자연스러움을 느끼게 된다.

이 책은 단순한 엔터테인먼트 책이 아니며 한 가수의 삶을 그린 책도 아니다. 창조적 괴짜인 싸이가 그린 삶의 궤적을 통해 나타난 인생 코드가 무엇인지 그 인생 코드는 삶을 살아가는데 어떤 의미가 있는지를 구체적으로 그리고 있는 책이다.

이 책 독자들이 흥미를 가지고 한 줄의 글귀에서 삶의 교훈을 발견하기를 기대해 본다.

윤문원

차례

PSY 스토리

싸이는 1977년생으로 본명은 박재상이다. 예명인 싸이는 '싸이코Psycho(정신병 환자, 비정상적인 사람)' 라는 단어에서 따왔다. 할아버지 때부터의 가업으로 유복한 환경에서 성장했다. 집안에서 유일하게 공부에는 흥미도 잘하지도 못했고 말썽을 피우고 청개구리와 같은 짓을 하던 싸이는 청소년기에 자신의 마음속에서 품어 나오는 열망과 욕망인 대중음악을 작곡하는 일을 삶의 목표로 삼았다.

잘나가는 가업을 경영하는 싸이의 아버지는 외동아들인 싸이가 사업을 이어 받기를 원하는 정도가 아니라 강권하다시피 했다. 하지만 싸이는 자신의 꿈인 작곡가가 되기를 고집하면서 반대하는 아버지에게 "아버지는 어떻게 가보지 않은 길을 확언하십니까? 제가 작곡을 한다는데 아버지가 작곡을 해 보셨어요?" 하면서 반항했다. 고등학교를 졸업한 싸이는 일단 집에서 벗어나고 싶어 아버지를 설득하기 위해 작전을 개시했다.

"아버지, 글로벌 시대인데 아버지의 뒤를 잇는 사업가가 되려면 외국에서 견문을 넓히고 공부를 해야 하지 않겠습니까? 저는 아버지 아들입니다. 이제 정신이 드네요. 유학 보내 주시면 영어 공부 열심히 할 게요."

아버지는 싸이가 토플 성적을 잘 받아서 괜찮은 대학에 입학 허가를 받으면 유학을 보내주겠다고 약속했다. 싸이가 한 달 동안 열심히 공부하여 높은 토플 점수로 미국 보스턴대학교 국제경영학과 입학허가서를 받아오자 "이 녀석 이럴 수 있는 놈이…" 하면서 유학을 보내주었다.

1996년 미국 유학길에 오른 싸이는 유학을 가자마자 부모 몰래 음악으로 진로를 바꿨다. 보스턴대학교 국제경영학과에 입학하자마자 바로 휴학을 하고 수업료를 환불 받았다. 거액인 그 돈으로 작곡에 필요한 컴퓨터와 물건도 구입하고 다양한 이성교제와 클럽 출입 등 음주가무를 즐기는데 썼다. 훗날 문제가 된 대마초 흡연 역시 이 시절에 접한 것이었다. 싸이는 이를 두고 오늘날 가수가 된 동기부여와 감각적인 노래를 만드는데 큰 도움이 되고 있다고 말한다.

"가무와 이성교제를 즐기면서 '내가 상대방이 웃는 것을 보고 좋아하는구나. 내가 상대방이 행복해하는 모습을 보고 좋아하는구나. 무슨 일을 하면 사람들을 즐겁게 할 수 있을까? 가수? 개그맨? 코미디언?' 등을 막 생각하다가 당시 뜨거웠던 힙합 붐에 영향을 받아 작곡에 나서면서 랩을 보고 '저거다! 노래를 안 하고 말만 해도 가수가 되네. 내가 말은 어디 가서 지지 않는데…' 하면서 마음속에 가수의 꿈도 품기 시작했어요."

아버지가 보스턴대학교에서 경영학을 전공하는 줄 알고 보내준 2학기 학비로 이제는 악기를 구입하고 작곡을 공부하기 위해 버클리 음대에 입학했다. 하지만 여전히 수업에 참여하지 않고 혼자서 작곡하기 시작했다.

싸이는 그 당시의 상황에 대해 "다른 사람에게선 창작을 배울 수 없고 스스로 창작을 배워야 한다는 게 당시 제 생각이었어요. 지금도 여전히 저는 작곡을 할 때 마치 퍼즐을 풀듯이 하고 있어요. 왜냐하면 조화나 논리적인 걸 모르기 때문이죠. 정말 어렵지만 여전히 현명하게 작곡하고 있어요. 왜냐하면 창의적이 되는 데는 때론 학문적인 것이 창의성을 방해할 수 있다는 게 제 생각입니다."

그러다가 버클리 음대에서 학부모의 날을 맞아 초대하는 편지를 집으로 발송하자 들통이 났다. 집에서는 난리가 났다. 골프채를 들고 미국으로 가겠다는 아버지를 어머니가 겨우 말렸다고 한다. 집에서는 학비 지원을 중단했다. 싸이는 자신이 스스로 생계를 해결하면서 미국에서 버텼다.

부유한 집안 형편으로 절실하지 않을 수도 있고, 아버지 사업을 물려받으면 편안하고 보장된 삶을 살 수 있음에도 아버지가 원하는 길이 아닌 자신이 하고 싶은 일, 자신이 잘할 수 있는 일을 하기 위해 절실한 상황을 스스로 맞이해야 했다.

생계 수단은 불법 복제 CD를 제작하여 한인 타운 가게에 파는 것이었다. 불법 복제 CD는 음악이 중단되지 않는 논스톱Nonstop 뮤직 CD로 댄스 타임 30분 블루스 6분, 댄스 타임 30분 블루스 6분으로 해서 72분짜리 댄스 믹스 CD로 만들었다. 술집에서 음악이 중단되지 않아 흥이 안 끊기자 주문도 안 끊기고 계속 이어져 선호도 1위 CD였다. 계절별 테마 옴니버스 CD로 불티나게 팔렸다.

그 후 싸이는 불법 복제 CD 제작은 그만하고 꿈꿔온 작곡가가 되기 위해 직접 작곡에 나섰다. 1년 동안에 백여 곡을 썼다. 싸이는 그 당시를 회고하면서 "그 기간에 저는 기름이나 가스를 넣으러 두세 번 가는 거 빼고는 밖에 나가지 않았어요. 정말 곡을 만드는데 집중했어요. 그건 저의 관심사였고 저를 위한 것이었습니다"라고 했다.

작곡한 100여곡 중에서 괜찮다고 생각되는 50곡을 골라서 데모 CD를 만들어 국내 여러 기획사에 돌렸는데 3년여 동안 한 곡도 팔리지 않았다. 당시 만든 노래 중 가장 가사가 유하고 순한 노래가 〈새〉였을 정도였다. 파격적인 가사와 곡을 당시 국내 대중 음악계의 분위기로는 수용하기가 힘들었던 것이다.

곡은 안 팔리고 집에서는 음악 활동을 그만두라고 압박하고, 이대로 가다가는 부모를 못 이기겠다 싶어서 최후의 선택으로 작곡한 곡을 직접 불러보기로 했다. 대중들 앞에 직접 나서는 가수를 해보자는 배수의 진을 친 것이었다.

미국에서 작곡을 계속하면서 가수 준비로 한창일 때 이사 온 선배의 친구가 나중에 유명한 가수가 된 조PD였다. 조PD는 인터넷에 올린 노래가 대박이 나서 인터넷 가수에서 정식 가수가 된 케이스였다. 싸이는 '저런 방법이 있었네' 하고 생각하고 인터넷에 자신이 작곡하고 부른 노래를 업로드 했다.

조PD 소속사에서 싸이에게 러브콜이 왔다. 싸이와 직접 만나지 않아 얼굴을 보지 못한 채 주변의 말과 인터넷에 업로드 된 노래에 대한 여론과 기획사의 판단에 따른 것이었다. 기획사가 싸이와 국제전화를 통해 스카우트를 상의할 때 싸이의 전화 목소리는 중저음의 매력 있는 보이스였다. 기획사는 목소리를 듣고 180센티 정도의 샤프한 이미지를 가지고 있을 것이라고 판단했다. 기획사에서 당장 한국으로 들어오라고 하면서 항공료를 부담해 주어서 한국에 들어왔다. 유학간지 4년만인 1999년이었다.

소속사에서는 싸이를 직접 보고는 연예인 이미지와 다르게 생긴 용모 때문에 실망이 이만 저만이 아니었다. 소속사 사무실에서 사장 이하 전 직원이 싸이를 앞에 두고 회의를 했다. 사장이 먼저 싸이와 여러 직원을 향해 "어떡할 거야?" 하고 말하자 직원들이 "가면을 씌우면…" "쌍꺼풀을 하면…" 하고 제의하자 사장은 "그걸로 되겠냐?" 하면서 결론을 내지 못했다.

그러던 어느 날 같은 소속사 가수 이정현이 〈와〉로 가요 순위 1위를 차지하여 축하 회식을 하게 되었는데 싸이는 평소 하던 대로 얼음 집게로 헤드셋을 만들어 립싱크를 하고, 온갖 잡기를 다 했다. 급기야 테이블 위에서 마이크 라인을 가랑이 사이로 하고 노래를 부르는데 소속사 사장이 노래를 멈추게 하면서 "뭐야 저거다! 저거라면 승부가 날 수도 있다. 변수가 있겠어. 저 춤을 보니 생긴 게 괜찮네. 저 춤에 맞는 얼굴이네" 하면서 만족감을 표시했다.

그렇게 해서 가수로 데뷔하게 되었는데 1999년 9월 발표된 당시 같은 소속사인 예당 엔터테인먼트가 프로듀싱 한 조PD의 2집에 참여하면서였다. 싸이는 자신이 한국에서 가수로 데뷔했을 때에 "사람들이 저게 누구냐고 하지 않고 저건 뭐냐 라고 했어요. 제가 데뷔했을 때 흔한 코멘트였죠"라고 말했다.

유명해지지 않았고 완전 실패였다. 6개월 넘게 실패였다. 그래서 그때부터 '이젠 뭘 하지 그만두고 작곡에 전념할까? 다 때려치우고 다시 비즈니스 스쿨에 가서 나중에 아버지 사업을 이어받을까?' 등등 혼란스런 시기였다.

싸이는 가수의 길을 포기하지 않고 국영방송인 KBS TV 방송국을 찾아가 PD들이 모여 있는 사무실 복도에서 춤을 추기 시작했다. 싸이는 "저 좀 보세요" 하고 소리를 지르면서 춤을 추고 할 수 있는 모든 것을 다했다. 그건 정말 우습고 재미있는 상황이었지만 경비를 불렀고 "저 자를 끌어내라"는 소리를 들어야 했다.

그 순간 PD 한 사람이 싸이를 보고 "야 그 춤 뭐야? 그건 본 적이 없는 춤인데, 그건 뭐지? 한 번 할 수 있어?"라고 하자 싸이가 또 다시 춤을 추자 PD가 "내가 연출하는 쇼에 출연하라"고 요청하여 첫 TV 출연을 하게 되었다.

싸이가 TV에 출연하자 많은 시청자들이 그의 노래와 춤을 봤고 그는 춤을 추기가 편하게 재킷 안에 팔이 없는 민소매 셔츠를 입었는데 방송국 스튜디오가 더워서 생방송 공연 중에 재킷을 벗었다. 그러자 팔뚝이 그대로 드러나게 되었는데 파격적이고 우스꽝스런 그런 행동이 시청자들에게 좋은 반응을 불러일으켰다. 싸이는 우습게 보이는 것이 통한다고 생각했다.

당시 남성 아이돌 그룹은 아주 예쁘장하고 날씬한 4~8명으로 구성되어 모두 로봇처럼 숨도 제대로 안 쉬고 척척 동작을 맞추어 춤을 추었고 정형화 된 춤으로 아주 강렬했다. 하지만 싸이의 춤은 달랐다. 싸이의 춤은 막춤이었다. 싸이가 춤춘 걸 사람들이 보고 생각한 것은 '나도 저렇게 춤 출 수 있겠는데…' 였다. 하지만 첫 출연 후에도 유명해지거나 인기를 얻은 것은 아니었다.

그 후 2001년에 재미있고 독특한 가사와 춤을 겸비한 자신의 첫 앨범인 1집 《PSY FROM THE PSYCHO WORLD》를 발표하면서 정식으로 데뷔했다. 타이틀곡은 〈새〉였다.

당신 너무나 이쁜 당신 항상 난 당신을 향해 행진/ 언제 거꾸로 신을지 몰라 고무신 그래도 너무 귀여운 당신/ 당신의 텅 빈 머릿속에 꽉 차있는 담배 연기 아무데서나 담배를 피는 용기/ 아무데서나 화장을 고치는 굳은 심지 그러면서 남의 시선 남의 이목/ 남의 크고 작은 목소리(hit it) 되게 신경 쓰는 당신/ 좋지만 얄밉고 이쁘지만 열 받게 구는 당신은 (세뇨리따)/ 남들이다 뭐래도 나 당신만을 따라 가리다 당신은 나만의 (모나리자)/ 곧 모든 걸 바꿔보리다 내가 차지하리다
두려운 거야 더러운 거야 아니면 좋아서 내숭떠는 거야/ 쇼하는 거야 뭐야 당신 나랑 지금 장난하는 거야/ 당신 갖긴 싫고 남 주긴 아

까운거야 10원짜리야/ 여기선 웃어 나에게 와선 차가워 우선 사람을 만나면 사람만 봐라 어서/ 가로세로 전후좌우 제가며 계산해가면 사람만나면 혼난다는 걸 모른다면/ 당신은 바보 무심코 뱉은 당신의 한마딘 내 마음에 파도/ 날 가지고 장난했다면 당신을 타도할 거야 바로 잡아줄 거야 바로/ 혼내줄 거야 진심이었다면 당신의 일거수일투족은 평생 나의 가보

참을 만큼 참았어 갈 때까지 갔어 해줄 만큼 해줬어 한도 끝도 없이 난 해줬고/ 정도 지나치게 당신은 날 완전히 뭉게 버렸어 성질나서 더는 못 해먹겠어/ 알았어? 없어도 있는 듯 몰라도 아는 듯 눈웃음으로 모든 상황을 해결하는 니 속뜻/ 진짜 밉상 진상 꼴배기 싫은 니가 대장 니가 얼마나 멋진 남자 만나/ 어떻게 사나 평생 지켜본다 명심해라 너 혼자 잘나 통통 튕기다가/ 하루아침에 니가 뻥 튕길거다 명심 또 명심해라 그리고 뒤통수 조심해라

뭐달라구 뭐 혼날라구 혼 힘내자구 힘 어쩌라구 어/ 나 한순간에 새됐어 당신은 아름다운 비너스/ 이랬다가 저랬다가 왔다 갔다 나 갖다가 너는 밤낮 장난하나/ 나 한순간에 새됐어 당신은 아름다운 비너스/ 너만을 바라보던 날 차버렸어 나 완전히 새됐어

어떻게 내 마음을 전할까 어떻게 잡을 수 있을까/ 나보다 좋은 사람 만날까 너무 두려워 너무 싫어/ 제발 날 떠나지마 더 이상 혼자는 싫어 정말 싫어/ 나 완전히 새됐어

꽃미남 아이돌을 선호하는 정형화된 가요계에서 싸이가 맨 처음 비집고 들어갈 틈은 좁아 보였지만 〈새〉가 히트를 치면서 대중에게 자신의 이름을 각인시키는데 성공했다. 외모 콤플렉스를 비웃기라도 한 양 싸이는 자신의 몸에 맞는 음악의 옷을 만들어 입었다.

스물다섯의 나이에 머리를 올백으로 하고 통통한 풍모로 대중 앞에 선을 보였을 때 사람들은 웃었다. '너만을 바라보던 날 차버렸어, 나 완전히 새됐어.' 후렴구에 맞춰 다리를 꼬고 서서 양 팔을 꺾어 들고 허리를 굽히고 시선은 앞을 바라보는 춤사위인 새춤과 떠난 여자에게 "10원짜리야!"라고 외쳐 통쾌함을 선사하면서 인기를 끌었다.

〈새〉가 공중파 TV방송 3사의 가요 순위 프로그램에서 1위를 차지하면서 싸이는 스타덤에 올랐다. 자신이 가장 잘할 수 있는 게 무엇인지를 간파하고 그 욕망을 체화해 손을 내밀었기에 대중은 자연스럽게 호흡하고 즐기면서 싸이의 음악성을 인정한 것이다. 춤 또한 철저하게 대중이 따라할 수 있도록 쉽게 만들었다.

싸이가 생각한 것은 그저 보여주는 춤이 아니라 참여하는 걸 제공하는 것이었다. 정형화된 춤이 아니라 파격적인 춤을 통해 동참을 이끌었다. 아이돌 그룹은 보여주는 춤을 할 수 있고 하고 있지만 싸이는 참여를 제공하고 엉뚱함 속에서 즐거움을 선사하려는 노력을 통해 용모가 부족했지만 가수로의 성공의 길을 달려 나갔다. 그 후 자신만의 특징을 살려 막춤을 통해 엽기 가수로 뜨면서 잘나가는 가수의 대열에 올랐다.

그러다가 그에게 시련이 불어 닥쳤다. 2001년 11월 18일 2집 발매가 예정되어 있었지만 11월 10일 대마초 흡연으로 구속되었다. 구속되어 있는 동안 자신을 가장 잘 이해해주던 할아버지가 돌아가셨다. 장손인 싸이는 임종도 지켜보지 못했고 장례식에 참석하지도 못했다.

얼마 후 벌금 500만원을 선고받고 풀려나 2002년 1월에 2집이 발매되었지만 방송 출연이 정지되어 방송 활동을 할 수 없었기에 냉소와 무관심 속에 묻히면서 대중적인 히트곡이 나오지 않았다. 그나마 2집에서 기록할 만한 것은 박지윤의 〈성인식〉을 가사만 바꿔 수록한 〈신고식〉이다. 비욘세의 의상이나 동작 및 상황 묘사를 하는 '코스프레Cospre'를 통해 콘서트에서 관객에게 웃음을 안기는 싸이 특유의 엽기 쇼의 출발점이다.

한동안 자숙의 시간을 가졌던 싸이가 특유의 낙관적이고 긍정적인 모습으로 대중 앞에 다시 나타난 건 2002년 월드컵 때였다. 서울시청 앞 광장에서 온 몸에 태극기를 휘감고 호루라기를 불면서 열띤 응원을 펼치고 있는 그를 한 방송사 중계 카메라가 잡았다. 응원 열기를 취재하던 TV 방송 리포터가 싸이와 인터뷰를 했다. 방송국에서는 출연 정지가 내려진 싸이가 인터뷰하는 장면이 방송되는 것을 보고 난리가 났지만 어쨌든 자연스럽게 그 날로 방송 출연 정지가 해제된 셈이 되었다.

국제가수가 되어 SBS TV 예능 프로그램 《힐링캠프》에 출연한 싸이는 당시의 기억을 떠올리며 시청 앞 광장으로 나가게 된 이유에 대해 "모두들 생업을 뒤로 하고 대한민국을 응원하던 때였기에 나도 생업인 '자숙'을 뒤로 하고 광장에 나가게 되었어요" 하면서 재치와 익살을 부렸다.

싸이는 방송 출연 정지가 해제된 후 방송에 출연하여 유머러스한 입담을 펼치기도 하고 노래를 부르고 춤을 추면서 인기를 만회하고 대중들의 사랑을 받아나갔다.

2002년 9월 3집을 발매한 후 수록곡인 〈챔피언〉이 또다시 히트를 치면서 싸이는 재기에 성공한다. 〈챔피언〉은 서울시청 앞 월드컵 응원 공연을 하면서 영감을 얻어 만든 노래였다.

〈새〉를 제외한 2집까지의 조롱과 비난, 자기 비하 노랫말 대신 '당신이 챔피언'이라는 긍정적인 가사를 담았고, 〈낙원〉 등 앨범 전체에서도 욕설이 한마디만 빼고는 들어 있지 않았다.

월드컵과 〈챔피언〉은 싸이를 구원했다. 싸이는 유명한 외국 가수들을 패러디하고 튀는 의상과 익살스럽고 열정을 다하는 콘서트로 유명세를 더욱 굳혀나갔다. 더 이상의 시련은 없을 것 같은 황금기를 맞이했다.

싸이는 2003년부터 2005년 병역 이행을 위해 병역 특례 업체에서 35개월 동안 대체복무를 마치기까지 가수로서의 공백기를 가졌다. 2006년 7월 발매한 4집의 타이틀곡 〈연예인〉이 히트하면서 본격적인 가수 활동을 재개했다.

얼마 후 활발한 활동을 펼쳐 나가던 싸이에게 또다시 시련이 찾아왔다. 싸이가 대체복무 기간 동안 틈틈이 공연을 하는 등 부실하게 근무했다는 이유로 병무청은 싸이에게 현역복무 통보를 했다. 1년여 동안 소송과 판결 과정을 거친 끝에 현역으로 입대해야만 했다. 결국 아내와 쌍둥이 딸을 남겨 두고 2007년 12월 17일 "저 답지 못하게 구질구질하게 굴어서 죄송합니다"라는 말을 남기고 서른의 나이에 논산훈련소에 입소했다.

싸이는 훈련을 마친 후 통신병으로 근무하다가 건군 60주년인 2008년 10월 국군의 날을 맞이하여 통신병에서 연예병으로 보직이 변경되어 전국적으로 군부대 위문공연을 다녔다. 병사들의 환호에 오히려 자신이 위안을 받고 재기할 수 있는 용기를 얻었다. 눈물을 머금고 무대에 올랐던 싸이는 뜨거운 감사의 눈물과 땀을 흠뻑 쏟았다.

2009년 7월 '완전 제대' 하여 민간인 신분으로 돌아온 싸이는 콘서트에 매진했다. 방송 출연보다 크고 작은 무대에 오르며 팬들에게 감사한 마음을 드러냈다. 이때부터 싸이는 콘서트에서 눈물을 자주 보이기도 했다. "다시는 설 수 없을 줄 알았던 무대에서 관객들을 만나게 돼 꿈만 같습니다" 하면서 감사해했다.

이후 꾸준히 콘서트와 작곡 활동을 병행하던 싸이는 2010년 8월 기존 자신의 회사 문을 닫고 양현석 대표가 이끄는 YG엔터테인먼트에 합류했다. 그리고 그해 10월 5집 앨범을 냈고 타이틀곡 〈RIGHT NOW〉가 히트하면서 그의 건재를 과시했다. 이후 싸이는 콘서트 활동에 더욱 매진하며 최고의 티켓 파워를 자랑하는 콘서트 가수로 떠올랐다.

싸이는 2011년 6집 앨범을 기획하고 있었다. 소속사인 YG엔터테인먼트 대표 양현석은 싸이가 결혼 이후 싸이코 '싸이' 보다 인간 박재상의 모습이 음악에 묻어나는 것을 우려하고 "데뷔 시절의 싸이로 돌아가라"고 주문했다. 싸이도 데뷔 시절로 돌아가야겠다고 판단했다.

웃기는 동작, 웃기는 노래, 웃기는 춤으로 사람들이 웃을 수 있도록 만들어야겠다고 생각했다. 왜냐하면 전 세계적으로 경제가 아주 침체되어 있었고 한국도 예외가 아니었다. 12년차 가수로서 자신의 음악·춤·비디오로 사람들을 즐겁게 하는 게 자신의 직업의 일부라고 여기고 부합하는 노래를 만들려고 했고 최대한 웃기게 보이려고 최선을 다했다. 마침내 2012년 7월 15일 **〈강남스타일〉**을 타이틀곡으로 한 6집이 발매되었다.

오빠 강남스타일/ 강남스타일

낮에는 따사로운 인간적인 여자/ 커피 한잔의 여유를 아는 품격 있는 여자/ 밤이 오면 심장이 뜨거워지는 여자/ 그런 반전 있는 여자/ 나는 사나이/ 낮에는 너만큼 따사로운 그런 사나이/ 커피 식기도 전에 원샷 때리는 사나이/ 밤이 오면 심장이 터져버리는 사나이/ 그런 사나이/ 아름다워 사랑스러워/ 그래 너 hey 그래 바로 너 hey/ 아름다워 사랑스러워/ 그래 너 hey 그래 바로 너 hey/ 지금부터 갈 데까지 가볼까/ 오빠 강남스타일/ 강남스타일/ 오빠 강남스타일/ 강남스타일/ 오빠 강남스타일/ Eh- Sexy Lady/ 오빠 강남스타일/ Eh- Sexy Lady/ 오오오오

정숙해 보이지만 놀 땐 노는 여자/ 이때다 싶으면 묶었던 머리 푸는 여자/ 가렸지만 웬만한 노출보다 야한 여자/ 그런 감각적인 여자/ 나는 사나이/ 점잖아 보이지만 놀 땐 노는 사나이/ 때가 되면 완전 미쳐버리는 사나이/ 근육보다 사상이 울퉁불퉁한 사나이/ 그런 사나이/ 아름다워 사랑스러워/ 그래 너 hey 그래 바로 너 hey/ 아름다워 사랑스러워/ 그래 너 hey 그래 바로 너 hey/ 지금부터 갈 데까지 가볼까/ 오빠 강남스타일/ 강남스타일/ 오빠 강남스타일/ 강

남스타일/ 오빠 강남스타일/ Eh- Sexy Lady/ 오빠 강남스타일/ Eh-
Sexy Lady/ 오오오오
뛰는 놈 그 위에 나는 놈/ baby baby/ 나는 뭘 좀 아는 놈/ 뛰는 놈
그 위에 나는 놈/ baby baby/ 나는 뭘 좀 아는 놈/ You know
what I'm saying/ 오빠 강남스타일/ Eh- Sexy Lady/ 오빠 강남스
타일/ Eh- Sexy Lady/ 오빠 강남스타일

노래가 출시되자마자 국내 음원을 석권했다. 뮤직비디오가 세
계적인 동영상 공유 사이트 유튜브에 공개되자 CNN BBC를 비롯
한 세계 주요 언론에 소개되면서 전 세계적인 열풍을 일으켰다.

〈강남스타일〉의 주요 성공 요인 중의 하나는 소셜 네트워크 서
비스SNS다. 싸이의 〈강남스타일〉은 무료로 배포된 전염성 강한 뮤
직비디오 동영상이 유튜브를 비롯한 세계 곳곳의 소셜 허브들을
통해 다시 배포되었다. SNS로 대표되는 네트워크 사회의 성공적
인 소통의 방식을 확인하는 계기가 되었다.

해외 유명 뮤지션인 티페인T-Pain, 로비 윌리엄스Robbie Williams,
조쉬 그로반Josh Groban은 각자의 SNS와 블로그를 통해 〈강남스타
일〉 뮤직비디오를 업로드하고 칭찬을 아끼지 않았다. 특히 힙합
뮤지션 티페인은 '말로 표현할 수 없을 정도로 놀라운 뮤직비디
오'라고 표현했다.

〈강남스타일〉은 세계 음악시장의 대세라 할 수 있는 '일렉트로닉 팝'으로 친근하게 다가왔으며 보기만 해도 저절로 웃음이 나오는 블랙코미디 요소가 세계인을 매료시켰다. 가사가 한국어로 돼 있지만 한국말을 잘 몰라도 누구나 충분히 흥얼거릴 수 있다. 따라 부르기 쉬운 반복적인 리듬과 유머가 있는 가사 내용, 시각과 청각을 신선하게 압도하는 퍼포먼스 영상, 엉뚱한 코미디가 함께 하는 장면들이 주는 흥겨움은 이루 말할 수 없으며 중독성이 있다. 이러한 요소들이 연령 인종 사회계층을 막론하고 빠져들 수밖에 없도록 만든 매력적인 요소다.

강남스타일의 열풍만큼 뜨거웠던 것은 세계인들의 패러디 열풍이었다. 음정에 맞춰서 자신들만의 아이디어로 자신들의 스토리를 담고 있으며 세계 각국 공공기관의 캠페인의 모티브로도, 정치집단의 홍보 모티브로도 활발히 활용되고 있다. 기존 문화에는 없는 새로움이 있었기에 세계 곳곳 자신들의 문화로 흡수하는 중이다. 영국의 한 저널리스트는 싸이의 등장을 "새로운 문화를 서구 세계에 소개했다는 점에서 일종의 유물로 남을 것 같습니다"라고 말했다.

싸이는 팝스타 저스틴 비버를 발굴하여 스타덤에 올려놓은 세계적 연예기획자 스쿠터 브라운과 계약을 맺고 국제가수가 되었다. 미국의 각종 유명 방송에 출연하고 세계적인 힙합 스타 MC해

머와의 《아메리카 뮤직 어워드AMA》 합동 공연, 록펠러센터 광장에서 《NBC 투데이 쇼》 공연, 세계적인 팝가수 브리트니 스피어스와 어셔와의 만남, 마돈나와 뉴욕 메디슨 스퀘어 가든에서 게스트로 출연하여 합동 공연을 펼쳤다.

58개 나라에 서비스되는 온라인 음원 사이트 아이튠즈에서 41개국 동시 1위 판매 기록을 세웠으며 영국 오피셜 차트 1위와 빌보드 차트 7주 연속 2위를 비롯하여 수많은 세계 차트에서 1위를 휩쓸었고 유럽과 미국에서 동시에 최고의 비디오 상을 수상했다. 이 같은 기록은 전 세계 음악 역사상 유례를 찾아볼 수 없는 놀라운 성과였다.

세계적인 음악전문채널 MTV가 〈강남스타일〉을 2012년 〈올해의 바이럴 센세이션Viral Sensation Of The Year〉으로 뽑았다. '바이럴 센세이션'은 한 해 바이러스가 확산되듯 빠른 속도로 소문이 퍼져 주목받는 음악 또는 뮤지션을 대상으로 선정한다. 또한 〈강남스타일〉은 미국 음악전문지 빌보드가 '2012년 최고 뮤직비디오'에도 선정됐으며 유튜브 사상 최초로 13억 조회를 돌파하는 대기록을 달성했다.

싸이는 2012년 10월 〈강남스타일〉의 성공을 자축하는 서울시청 앞 광장에서의 무료 공연에서 8만 관중이 동시에 말춤을 추는 진풍경을 벌였으며 무대 위에서 "가족들과 지난해에 술을 끊기로 약속해서 지켜왔습니다. 그런데 오늘은 너무 좋아서 못 견디겠어요. 그러니 마셔야겠습니다"며 소주 한 병을 원샷하면서 병나발을 불었다. 그리고 상의를 벗고 출렁거리는 뱃살을 드러내며 말춤을 추는 파격적인 공연을 펼쳐 관객들의 폭발적인 환호를 받았다.

세계 유명 인사들을 초대해 강연회를 갖는 옥스퍼드대학교 유니언에 2012년 11월 7일 아시아 가수로는 최초로 싸이가 초대되어 자신의 삶의 발자취와 강남스타일의 성공요소를 유창한 영어로 강연했다.

2012년 12월에는 워싱턴DC '국립건축박물관'에서 열린 《크리스마스 인 워싱턴》 무대에 올라 오바마 미국 대통령이 참석한 가운데 화려한 공연을 펼쳤다.

싸이는 2013년 1월 26일 프랑스 칸에서 열린 프랑스 라디오 음악 채널 NRJ가 주관하는 《NRJ 뮤직어워즈 2013》에서 〈강남스타일〉로 '올해의 인터내셔널 송'과 '올해의 인터내셔널 비디오', 특별상인 '유튜브 10억 뷰 돌파 기념상'을 수상하며 3관왕을 차지하면서 명실상부한 월드 스타가 되었다. 🎩

하고 싶은 일에 도전했다

국제가수가 된 싸이는 "저는 어릴 적부터 많은 사람들이 모인 것을 봤을 때 이유는 모르겠으나 엄청 흥분이 되었어요. 피가 끓는 것 같은 느낌이었죠. 그래서 제가 초등학교부터 고등학교까지 응원반장을 했습니다. 공부는 흥미도 없었고 아주 못했어요. 중학생 때 TV 프로그램인 《글로벌 뮤직비디오 파노라마》에서 여러 뮤지션들의 모습을 보고 충격을 받고 생애 처음으로 꿈을 가졌는데 대중음악 작곡가였어요"라고 말한다.

오늘날 싸이를 국제가수로 만든 것은 싸이가 집착하고 끊임없이 추구하고자 했던 것이다. 싸이가 성공한 첫 번째 요건은 자신이 무엇을 바라는지, 꿈을 아는 것이었다. 꿈이란 인생에 씨앗을

심는 일이다. 싸이는 꿈을 품는 것에서부터 시작하여 그 꿈을 현실로 탈바꿈시켜 작곡자이자 가수가 된 것이다. 그것도 세계적인 국제가수가 된 것이다.

인생에서 꿈을 이루는 첫 단계는 원하는 삶의 목표를 세우는 것이다. 배가 떠날 때는 가야 할 항구가 있듯이 인생에서 무엇을 할 것인가를 결정해야 한다. 누구나 자기 인생의 꿈을 이루어가는 예언자다. 가능할 것이라고 꿈꾸는 비전은 노력과 소망 여부에 따라 눈앞에 펼쳐지는 현실이 될 수 있다. 비전을 믿는 희망적인 태도를 가져야 한다.

스스로 자신의 존재 가치와 목적을 세우고, 앞으로 이루고자 하는 청사진을 그려야 한다. 자신이 어떤 사람이고, 어떤 목적을 가지고 있으며, 어떠한 사람이 되고자 하는가에 관한 명확한 비전을 세우고 열정을 다해야 한다.

비전을 키워가야 한다. 싸이는 〈강남스타일〉이 성공하기 직전에 일본에 진출하기 위해 일본어를 공부하는 등 나름대로 노력을 기울이고 있었다. 〈강남스타일〉이 갑자기 성공하여 미국에 진출하면서 국제가수의 반열에 단번에 뛰어올랐지만 그의 마음속에는 국제가수가 되기 위해 나름대로 꿈을 품고 노력하고 있었던 것이다.

크게 성공한 사람은 큰 꿈을 가지고 있고 평범한 사람은 평범한 꿈을 가지고 있다. 작은 꿈을 꾸면 피를 들끓게 하는 기적을 일으키지 못한다. 자신을 변화시키고 싶다면 꿈의 내용과 크기를 바꿔야 한다. 위대한 사람은 자신의 생애를 걸 수 있는 큰 문제를 붙잡고 매달린다. 인격의 크기는 바로 붙들고 씨름하는 비전의 크기다. 생생하게 상상하고, 간절하게 소망하고, 진정으로 믿고, 열정적으로 실천하면 반드시 이루어진다. 비전을 계속 두드리면 실현된다. 원대한 꿈을 세우고 드높은 이상과 희망을 향해 나아가야 한다.

인생에서 목표를 가지고 야망을 품어야 한다. 외향적인 싸이는 자신이 작곡한 음악을 통해서 대중들로부터 환호를 받는 야망을 꿈꾸었다. 인생은 품어온 야망의 결과물이다. 야망이 존재이유이며 삶을 이끌어나가는 원동력이다.

인생에서 목표를 정하는 것은 삶의 방향을 잃지 않게 하는 '북극성'이다. 목표가 없는 사람은 키 없는 배와 같다. 인생이란 낯선 곳에서 목표라는 나침반이 없다면 아무데도 갈 수 없다. 목표 없는 사람은 방향타나 나침반이 없는 배와 같아서, 바람 부는 대로 이리저리 표류하게 된다. 싸이에게는 음악을 하겠다는 목표가 있었기 때문에 안주할 수 있음에도 불구하고 여러 어려움과 시련을 극복하면서 앞으로 나갈 수 있었던 것이다.

목표가 있는 사람은 운전석에 앉아 자기 인생의 핸들을 쥔 기분을 갖게 된다. 자신이 원하는 방향으로 가면서 더 멀리, 더 빨리, 더 많은 것을 얻는다. 목표를 가질 때 자신의 인생을 주도할 수 있다. 목표가 무엇인지 먼저 명확하고 구체적으로 알아야 한다. 명확한 목표가 있는 사람은 험난한 길에서 조차도 앞으로 나아간다.

목표 없이 인생이라는 달리기를 질주하려고 해서는 안 된다. 목표라는 채찍이 기회를 창조하고 도전의식을 자극한다. 목표를 정하면 성취를 향한 큰 발걸음을 내딛는 것으로 목표가 삶을 이끌어 잠재능력이 일깨워진다.

사람은 무엇이든 자기가 원하는 만큼 이루게 된다. 어떤 사람이 되려고 하든, 어떤 일을 하려고 하든 그 일을 가능하게 해주는 것은 바로 목적의식의 힘이다. 목표를 가지고 최선을 다할 때 성공과 행복을 이룰 수 있다. 하고 싶거나, 되고 싶은 뚜렷한 목표를 정해야 한다.

인생에서 목표를 이루는 것은 아무 생각 없이, 아무 준비 없이 그저 목만 내놓고 기다리는 사람에게 주어지는 것이 아니다. 실현을 간구하고 간절히 희망하며 노력하는 사람에게 다가오는 것이다. 실천이 없는 꿈은 소망에 불과하다. 인생에서는 스스로 자신의 존재 가치와 목적을 세우고 앞으로 이루고자 하는 청사진을 그리고 실천해야 한다.

싸이는 외동아들로서 아버지로부터 가업을 물려받기 위한 경영학 공부를 강요받고 사업을 하기를 강권 받았지만 거절하고 자신이 하고 싶은 꿈을 향해 나아갔다. 잘나가는 가업을 물려받아 안주하는 삶을 살 수 있음에도 불구하고 자신의 꿈을 향해 도전해 나갔다.

싸이는 데뷔 초창기 인터뷰에서 "나는 딴따라여서 사업을 잘할 수 없어요. 음악은 잘할 수 있습니다. 아버지 뜻도 받아들이고 싶지만 무책임하게 받고 싶은 마음이 없어요. 사업은 내 능력 밖의 일입니다"라고 말했다. 세상이 부러워하는 삶, 아버지가 바라는 삶이 아니라 자신이 원하는 삶, 잘할 수 있는 삶에 도전한 것이다.

배를 만든 이유는 항구에 정박하기 위해서가 아니라 힘난한 파도를 뚫고 항해하기 위해서다. 인생을 항해하면서 위험을 감수하고 대해로 나아가야 한다. 항구를 장식하는 배가 되지 말고 거친 파도를 헤쳐 나아가야 하듯이 도전에 나서야 한다. 싸이는 연예계라는 힘난한 세계에 온몸으로 부딪치면서 도전해 나갔다.

도전은 인간 행위의 핵심이며 주된 동기이다. 인생은 도전의 연속이다. 도전하지 않는 자는 바람직한 삶을 살 수 없다. 꿈이 없는 사람은 살아 있어도 죽은 사람이나 마찬가지다. 끝없이 도전하는 것이 바로 인생이다. 도전과 모험에 따르는 위험과 두려움을 회피하려 한다면 의미 있고 보람찬 삶을 회피하는 것과 다름 아니다.

삶에 차이를 가져다주는 것은 삶에 일어나는 일이 아니라 상황에 대하여 어떻게 도전하는가에 달려있다. 싸이는 자신이 음악을 하겠다는 꿈을 어렴풋이 품고 유학길에 나섰으며 부모가 바라는 사업가가 되기 위한 경영학과를 그만두고 음악을 하기 위해 음악 대학으로 옮긴 것이 들통이 났다. 학비 지원이 중단되어 불법 복제 CD를 판매하면서 생계를 유지했어야함에도 불구하고 꿋꿋이 버텨 나갔다.

인간은 어느 정도의 단계에 이르면 거기에 만족하여 안주하려는 속성을 지니고 있다. 하지만 인간이 처한 운명은 자꾸만 변하기 때문에 그럴 수가 없다. 운명은 인간에게 다음 단계로 올라가라고 도전장을 자꾸 내민다. 한 단계에 이르면 다음 단계로 올라가기 위해 도전하라고 한다. 죽는 순간까지 인간은 도전하면서 살아간다.

인생의 승자들이 가지고 있는 특성은 도전 정신이다. 장애물이나 벽을 만나면 사명감에 불타 가슴이 더욱 뛰어야 한다. 싸이는 자신의 꿈에 도전하는 과정에서 꿈을 접는 나약함을 보이지 않았다.

남들이 가지 않은 길을 가고자 하는 사람은 드물다. 특히 안주할 수 있는 여건과 상황이면 더욱 그러하다. 하지만 쉽고 편한 것, 해왔던 것에만 머물면 독이 되고 쇠사슬이 된다. 낯선 걸 거부하는 사람은 힘을 키우지 못하고 큰 것을 이룰 수 없다. 남들이 하지 않은 일에 처음 도전하는 것은 무모해 보이지만 처음부터 무모해 보이지 않는 일에는 커다란 성공이 없다.

모험을 감수하고 도전하는 것이 큰 성공의 첫걸음이다. 때로는 신중함 보다는 과감함을 선택해야 한다. 자신의 현 위치를 처한 환경 탓으로 돌리고 도전하지 않으면 안 된다. 환경을 탓하면 소극적으로 변하게 되고 자신감을 잃게 된다. 성공한 사람은 자신이 처한 환경에도 불구하고 과감하게 도전에 나서서 원하는 환경을 만든 사람이다.

환경 탓을 한다는 것은 스스로 실패 가능성을 높이는 것이나 다름없다. 환경 탓으로 돌리지 마라. 환경이 바뀌기를 기다리지 말고 주어진 환경을 받아들이면서 대처해라. 환경에 굴복하지 않고 환경 자체를 유리하게 변화시켜야 한다.

가슴 뛰는 삶은 쉽게 이룰 수 없는 그 무엇을 좇는 삶이다. '도전 과제'가 삶을 영위하게 하는 힘이다. 쉽게 달성할 수 없는 목표야말로 도전 정신을 유발하고 에너지를 불러일으키는 촉매이다. 이런 목표에 도전했다가 실패하더라도 배우고 느끼는 것이 있으며 손쉬운 성공보다는 훨씬 가치가 있다. 시도 끝에 실패한 것은 용납되어야 하지만 시도조차 하지 않는 것은 스스로 용납해서는 안 된다.

편안하고 안전하게 살았으면 하고 바라겠지만 현실은 결코 그렇게 되지 않는다. 인생은 늘 위험으로 가득 차 있다. 세상에서 가장 위험한 일은 위험을 전혀 감수하려 하지 않는 것이다. 위험으로부터 등을 돌리고 달아나려 해서는 안 된다. 그러면 위험은 배로 늘어난다. 당황하지 않고 정면 돌파한다면 위험은 절반으로 줄어든다. 위험으로부터 달아나려 하지 마라.

위험 속에는 도전과 기회가 가득 차 있다. 과감하게 도전하지 않고 현실에 안주하는 것이 더 큰 위험이다. 위험을 감수해야 성취할 수 있다. 위험은 도전의 의미를 부여하며 살아있음을 근본적으로 느끼게 한다. 위험에 떳떳하게 맞서서 도전하는 사람에게 하늘은 길을 열어준다. 꿈을 이루기 위해 위험을 감수해야 한다.

싸이는 자신이 하고 싶은 일, 잘할 수 있는 일에 도전했다. 자신이 하고 싶은 일, 잘할 수 있는 일을 하면서 대중들에게 즐거움을 주고 자신도 가수 활동을 즐기면서 만족하면서 일을 하고 있다. 싸이는 무엇보다도 가수 활동 자체를 즐기고 있다.

일은 축복이다. 일은 생활의 방편만이 아니라 그 목적이다. 일한다는 것이 인생의 가치이며 행복이다. 일하는 자는 힘을 갖고 있으며 게으른 자는 힘이 없다. 세상을 지배하는 자는 열심히 일하는 사람이다. 누구나 머리나 손을 이용해서 일을 해야 한다.

일을 하지 않으면 정신적 혼수상태에 빠지게 된다. 일을 할 때 사람은 생명력, 건강, 기쁨을 얻는다. 일은 자제력, 주의력, 적응력을 키우고 단련시킨다. 인격적인 수양에 있어서 일은 최고의 스승이다.

일은 육체뿐 아니라 정신에도 유익하다. 일을 함으로써 해악을 멀리할 수 있다. 일은 악마를 쫓아내는 데에 유익하다. 놀고 있는 두뇌는 악마의 일터이다. 일을 하지 않으면 공상의 문이 열린다. 유혹이 쉽게 접근하고 사악한 생각이 떼 지어 들어온다.

정신이 한가히 놀고 있고 몸이 편안히 쉬고 있으면 육욕이 빈틈에 슬며시 기어들어오기 십상이다. 건강하면서도 한가하게 빈둥거리는 사람은 유혹에 약해서 순결한 생활을 하지 못하는 법이다. 몸에 해로운 것은 과로이며 더욱 해로운 것은 지루한 일, 시시한 일, 희망 없는 일이다.

하는 일이 낙일 때 인생은 즐거우며 의무일 때 노예가 된다. 싸이는 가수로서 즐겁게 일을 하고 있다. 자신의 노래를 대중들이 듣고 즐거워하고 행복해하는 모습을 보고 자신의 일을 즐기면서 행복해 하고 있다. 일이 즐거우면 세상은 낙원이요. 일이 괴로우면 세상은 지옥이다. 인생의 의미를 느끼면서 일하는 사람은 성공한 인생이지만 돈만 벌기 위해서 일하는 사람은 실패한 인생이다.

훌륭한 일자리는 삶에 활력을 주고 의미를 부여하지만 잘못된 일자리는 삶의 의미를 고갈시켜 버린다. 싫은 일에서 창조의 힘은 솟아나지 않는다. 즐겁고 희망적인 일에 종사하는 것은 행복의 비결이다.

즐겁게 할 수 있는 일, 잘할 수 있는 일을 하는 직업을 택해야 한다. 인생은 직업의 재미와 즐거움을 경시해도 될 만큼 긴 것이 아니다. 직업에서 삶의 의미를 찾을 수 있어야 한다. 싸이는 자신이 작곡할 때 노래를 부를 때 모든 것을 잊을 정도로 몰입한다. 일하는 시간을 잊을 정도로 집중할 수 있는 직업이 최고의 직업이다.

누구든지 싸이처럼 작곡을 하거나 가수가 될 수 없다. 자신이 할 수 있는 일과 할 수 없는 일이 무엇인지 알아야만 최선의 능력을 발휘할 수 있다. 할 수 없는 일을 알아야만 그 일에 발목이 잡히지 않을 것이다. 할 수 없는 일이 무엇인지 파악해라. 그것이 할 수 있는 일을 아는 것보다 훨씬 중요하다. 자신의 능력으로 잘할 수 있는 일이 있고, 아무리 노력해도 잘할 수 없는 일이 있다는 것을 깨닫고 인정해야 한다.

자신의 능력으로는 도저히 잘할 수 없는 일에 도전하거나 붙잡고 있다면 인생의 낭비다. 자신의 능력으로 잘할 수 있는 일에 집중한다면 인생은 풍요로워진다. 잘할 수 있는 일을 찾아라. 최선을 다했다는 생각을 갖고 생을 마감할 수 있도록 능력을 최대한 발휘할 수 있는 일에 종사해라.

즐거운 마음으로 일을 잘하기 위해서는 열망하는 일을 해야 한다. 자신이 간절히 원하는 것이 무엇인지 스스로에게 묻고 선택하여 열정과 에너지를 쏟아 부어라. 성공하는 사람은 자신이 평생을 바쳐 할 수 있는 일을 찾아내고 그 일에 집중하어 성과를 내는 사람이다. 진정으로 좋아하면서 잘할 수 있는 일을 택하고 인생을 투자해라. 현재 일에 즐거움을 느낄 수 없다면 변신해라.

기회는 준비된 자에게 온다

싸이는 준비된 기회주의자다. 싸이는 국제가수로 성공하기까지 수많은 노력을 기울였다. 작곡가가 되기 위해 노력을 기울였으며 소속사에서 가수에 어울리지 않는 용모로 판정을 받고 막춤을 추어 전화위복의 기회로 만들었고 TV 출연의 기회를 얻기 위해 무작정 방송국 PD 사무실을 찾아가 복도에서 춤을 추었으며 좋은 작곡과 좋은 가창력, 콘서트 성공과 획기적인 뮤직비디오를 만들기 위해 노심초사하면서 노력을 기울여 왔다.

싸이가 갑자기 국제가수가 된 것이 아니라 한걸음씩 한 계단씩 올라가면서 월드 스타가 되었다. 특히 그는 유학 시절 그냥 유희를 즐긴 것이 아니라 다양한 만남과 경험을 통해 영어를 익혀 유창하게 영어를 구사한다. 준비된 자에게는 기회가 오며 온 기회를 놓치지 않는다. 그는 노력을 하면서 준비를 했기에 기회를 잡을 수 있었다. 기회는 누구에게든 올 수 있다. 그 기회를 제대로 잡고 활용하는 것은 준비된 자의 몫이다.

싸이는 "내가 워낙 비주얼이 근면 성실하지 않게 생겼기 때문에 내가 작곡한 결과를 보고 천재라고들 오해를 해요. 두뇌는 평범하지만 뭐하나 꽂히면 집요할 정도로 노력합니다. 생각하는 것보다 애를 많이 쓰고 삽니다. 작곡할 때도 한번 이상하면 그냥 노래를 버립니다. 고치는 시간보다 새로 만드는 시간이 훨씬 빨라요. 노래 버릴 때가 가장 힘든데 작곡 속도는 빠른 편입니다"라며 자신이 노력형이라는 점을 강조했다.

높은 산을 오르려면 한 걸음 한 걸음이 중요하다. 낮은 언덕을 지나고 골짜기의 좁은 길을 통과해야 한다. 언덕이나 골짜기를 걷지 않고 봉우리에 도달할 순 없다. 수만 수십만 걸음을 옮겨 놓아야 비로소 목적지에 도달한다. 십리도 한 걸음씩이고 천리도 한 걸음씩이다. 인생은 자고 쉬는 데에 있는 것이 아니라 한 걸음 한 걸음 걸어가는 속에 있다.

끊임없이 노력하고 분발해야 하는 것이 인생이다. 성공한 사람은 단번에 자신의 위치에 뛰어 오른 것이 아니다. 다른 사람들이 밤에 단잠을 잘 적에 일어나서 괴로움을 이기고 일에 몰두했던 것이다. 탁월한 기량과 명성은 저절로 쌓이는 것이 아니다. 오늘 먼저 한 걸음을 내딛어야 한다.

행운의 여신은 노력하는 사람 곁에 서 있다. 인간은 성공을 자기 마음대로 거둘 수는 없지만 노력하면 성공할 자격을 갖출 수는 있다. 노력의 질과 양은 성공과 행복의 수준을 결정한다. 노력의 효과는 언젠가는 어떠한 형식으로든지 거두어진다. 노력하지 않고서는 인생에서 결실을 맺을 수 없다.

싸이의 성공에 대하여 운이 좋았다고 말하는 사람이 있겠지만 운은 우연이 아닌 노력의 필연적 결과이다. 노력의 절대량이 많아질수록 운은 좋아지게 마련이다. 운과 성공은 기회를 붙잡는 능력을 연마하고 있는 사람에게 오는 필연이다. 기회는 준비한 자에게 찾아옴을 명심해라. 정신을 바짝 차리고 꾸준히 노력해라.

노력은 성공의 또 다른 이름이다. 인생을 살아가는데 천재적인 재능이 필요한 것이 아니다. 천재적인 사람도 성공을 거두려면 부단한 노력이 있어야 한다. 천재를 만드는 것은 1%는 영감이요, 99%는 땀이란 말이 있다. 피와 땀과 눈물 없이 얻어지는 것은 없다. 삶은 땀을 먹고 자란다. 노력하지 않는 인생을 수치스럽게 생각해야 한다. 수확의 기쁨은 흘린 땀에 정비례하듯이 노력의 결과로 얻어지는 성과의 기쁨 없이는 참된 행복을 누릴 수 없다.

떨어지는 물방울이 돌에 구멍을 내듯이 성취는 노력을 사랑한다. 노력과 반복은 실로 무서운 것이다. 노력과 반복은 재미가 없고 피로를 야기하지만 전문가를 만들어낸다. 달인이 되는 비결은 꾸준하게 반복하는 것이다. 신중하게 계획된 반복적인 노력을 꾸준히 한다면 차별화된 존재가 될 수 있다.

재능이 있지만 노력이 부족하면 재능이 꽃피지 못한다. 진정한 천재는 노력이라는 평범한 자질을 높이 사면서 무조건 열심히만 하는 것이 아니라 효율적인 노력을 기울인다. 유익한 일에 시간을 쓰고 필요 없는 행동을 하지 않는다. 현명하게 창의적으로 노력하여 성과를 창출한다.

인생은 전속력으로 달리는 사람에게 아름다운 보상을 해준다. 의미 있는 일이라면 아무리 작더라도 혼신의 힘을 쏟아야 한다. 싸이는 혀를 내두를 만큼 꼼꼼하다. 공연을 할 때에 직접 특수효과, 레이저, 미러볼 등의 중장비에 이르기까지 무대 감독과 무대 연출 등에 대해 전부 다 의논한다.

빗방울이 모여 내를 이루고 강을 이루고 대해를 이룬다. 성공이란 수많은 작은 일들이 모여 이루어진다. 작은 일을 이루지 못하면 큰일도 이루어지지 않고 성공의 길은 멀어져만 간다.

작은 일에 충실한 사람만이 성공할 수 있다. 성공한 사람은 작은 일이 쌓이고 쌓여서 큰 일이 되는 체험을 해온 사람들이며 인생에서 작은 일에 엄청난 노력을 기울여온 사람이기도 하다. 올바르게 수행한 작은 일 하나가 성공의 계기가 될 것이다. 작은 일에 정성과 관심을 기울여라. 세부적인 사항에 집착하고 작은 일을 꼼꼼히 챙기라.

꿈을 이루기 위해서는 무엇인가를 실행해야 한다. 싸이는 자신의 꿈인 작곡가와 가수가 되기 위해 유학을 떠났고 작곡을 했고 노래를 불렀고 춤을 개발했다. 유명한 가수가 되기 위한 TV 출연 기회를 얻고자 방송국 PD 사무실을 찾아가 행동으로 노래를 부르고 춤을 보여줬다.

실행이 없는 꿈은 몽상에 불과하다. 꿈이 있으나 실행력이 약한 사람은 몽상가다. 꿈과 실행이 결합되어야 한다. 싸이는 대중음악가가 되어 많은 군중들 앞에서 환호를 받는 꿈을 꾸었고 실행을 통해 국제가수의 반열에 오른 것이다.

인생의 가장 먼 여행은 머리에서 가슴까지의 여행이라고 한다. 머리로 이해할 수 있어도 가슴으로 절실히 느끼기는 어렵다는 뜻이다. 이보다 더 먼 여행이 있다. 머리에서 발까지의 여행이다. 머리로 이해하고 가슴으로 느꼈지만 발로 실행하기가 어렵다는 뜻이다.

미래는 지금 하는 행동에 따라 결정된다. 꿈은 행동으로 이루는 것이다. 꿈을 실행에 옮기는 것이 중요하다. 꿈꾸는 것과 행하는 것은 다르다. 꿈을 꿀뿐만 아니라 실행해야 한다. 내일 무엇이 될 수 있는가에 대한 생각이 오늘 무엇을 할 수 있도록 인도해야 한다.

생각하는 것을 하는 것, 즉 실행하는 것이 힘이다. 말은 쉽다. 생각도 쉽다. 실행이 뒤따르지 않는다면 말도 생각도, 앎도 배움도 소용이 없다. 실행해야 진정한 힘이 된다. 실행하지 않는 앎은 진정한 배움이 아니다. 생각이든 결심이든 실행이 없으면 아무 소용이 없다. 아무 것도 달라지지 않고 이루어지지 않는다.

모든 일에 있어 가장 간결한 대답은 바로 '행동'이다. 싸이는 행동주의자다. 유학길에 오르고 CD를 판매하고 자신의 춤을 선보이면서 적극적으로 행동한다. 행동이 이치를 따져 분석하는 것보다 꿈에 더 가까이 가도록 해준다.

시도하지 않으면 아무 것도 이룰 수 없다. '백견이 불여일행百見 不如一行' 임을 명심하고 일단 행동해라. 큰 그릇 속의 효모 하나가 밀가루를 발효시키는 것처럼 작은 행동 하나가 성공으로 이끌 것이다.

싸이는 순간순간마다 작은 행동 하나하나를 하면서 가수의 길을 걸어갔다. 속을 먹으려면 껍질을 깨지 않고는 먹을 수가 없다. 많은 사람이 희망차게 목표를 세우지만 목표로 끝나고 만다. 많은 사람이 어떤 행동을 기도하지만 행하지는 않는다. 많은 사람이 계획을 세우지만 착수하지는 않는다. 이는 행동력이 부족하기 때문이다.

아무 말 없이 행동으로 보여주는 것이 가장 좋다. 인생이든 비즈니스든 행동이 말보다 낫다. 사람들은 하는 말보다 행동에 더 주의를 기울인다. 마음먹지만 행동으로 옮길 시간을 찾지 못한다면 굶어 죽을 때까지 먹고 마시고 자는 것을 하루하루 미루는 것과 다를 바 없다. 작은 행동이 새로운 인생으로 이끈다. 행동을 성공의 출발점으로 삼고 지금 바로 시작해라.

미루는 사람은 무능한 사람이다. '때가 무르익으면, 그럴 수 있는 상황이 오면' 하고 미루다가 어느새 현실에 파묻혀 버려 하려던 목표 자체가 사라져 버린다. 성공한 사람은 '오늘'이라는 손과 '지금'이라는 발을 갖고 있지만 실패한 사람은 '내일'이라는 손과 '다음'이라는 발을 갖고 있다. 미루는 습관에서 벗어나라. 나중에 하지 않은 것을 후회할 것이 아니라 지금 시작해야 한다. 무언가 '되기be' 위해서는 지금 이 순간 여기서 무언가를 '해야do' 만 한다. 지금 당장 실행에 옮겨라.

스피드란 중요한 일에는 시간을 투자하고 중요하지 않은 일에 소비하는 시간을 제거하는 것이다. 사람들은 대개 너무 빨리 행동에 옮긴 것보다는 충분히 신속하게 행동하지 못한 것을 후회하는 경우가 많다. 현대 사회는 생각의 속도까지 다투는 무한경쟁의 세계이다. 올바른 방향을 정하고 빠르지 않으면 실패의 나락으로 떨어진다. 성공 여부의 결정은 직면하는 상황에 얼마나 빠르게 대처하느냐에 달려있다. 민첩성, 속도가 힘이며 경쟁력임을 명심해라.

신속한 행동력으로 세부적인 일까지 다루어야 한다.

　싸이는 자신이 가수로서 부적합한 용모임에도 불구하고 어느 날 같은 소속사 가수 이정현이 〈와〉로 가요 순위 1위를 차지하자 축하 회식에서 막춤을 선보인 것이 가요계에 데뷔하는 계기를 잡았다. 하지만 TV 출연의 기회가 없자 자신의 춤을 선보이는 기회를 잡기 위해서 TV 방송국 PD 사무실을 찾아가 막춤을 추면서 TV 출연의 기회를 얻었다. 〈강남스타일〉이 SNS를 통해 성공하자 세계적인 연예 기획자 스쿠터 브라운과 계약을 체결하여 국제가수로 발돋움하는 기회로 만들었다.

　그리스 시라쿠사 거리에는 '기회의 신'이라고 이름 붙여진 동상이 하나 서있다. 관광객들은 동상의 모습에 웃음을 터뜨린다. 앞머리 이마의 윗부분에만 머리가 돋아나 있고 뒷머리는 반들반들한 대머리이고 발에는 날개가 있는 이상하고 우스꽝스런 모습이다. 동상 밑에는 이런 글이 적혀있다.

　'앞머리가 무성한 이유는 사람들이 나를 보았을 때 쉽게 붙잡을 수 있도록 하기 위함이고 뒷머리가 대머리인 이유는 내가 지나가면 사람들이 다시는 붙잡지 못하도록 하기 위함이며 발에 날개가 달린 이유는 최대한 빨리 사라지기 위함이다. 그의 이름은 기회이다.

기회의 신이 눈앞을 지나가고 있는데도 앞머리를 붙잡지 않고 그냥 보내고 있지는 않는가? 기회라는 앞머리를 붙잡으려 했으나 놓친 채 뒷머리만 아쉬운 눈초리로 바라보고 있는지도 모른다. 지금이 바로 기회인데도 다음에 찬스가 다시 찾아주기를 기대하며 늘 머뭇머뭇하면서 행동을 취하지 않고 있는지도 모른다.

기회는 열리고 닫히는 창문과 같아서 순식간에 닫혀버릴 경우가 많다. 기회의 창문이 열려 있을 때 뛰어들어라. 기회는 열릴 때와 마찬가지로 빨리 닫히기 때문이다. 주저한다거나 머뭇거려서는 안 된다. 우유부단은 귀중한 시간을 허비하는 것이나 마찬가지다. 지금 기회보다도 나은 기회가 나중에 찾아올 것이라고 생각하고 미적거리다가 기회를 놓쳐서는 안 된다.

인생에서 기회가 적은 것이 아니다. 기회가 찾아오지만 그것을 볼 줄 아는 눈을 가지고 있지 않아 기회인 줄도 모르고 지나쳐버릴 수 있다. 그렇게 되면 기회를 놓치고 나서야 후회하게 된다. 기회인지 판단하는 분별력을 가져야 한다. 분별력은 사안의 핵심을 꿰뚫어보는 능력으로 양식 있는 판단을 토대로 타당함, 정당함을 식별하는 실용적인 지혜이다. 분별력은 지식으로 얻을 수 있는 것은 아니며 경험으로부터 배우는 것이다. 분별력을 고양시켜라.

성공은 기회를 잘 포착하여 재능을 발휘했기 때문이다. 새로운 아이디어를 접했을 때는 가능한 빨리 시도하되 너무 서두르지는 마라. 기회가 목적을 이루는데 도움을 주는 것인지 수시로 확인해라.

"인생에서 세 번의 기회가 주어진다"고 말한다. 인생에서 기회는 바로 앞에 놓여 있을 수도 있다. 가장 커다란 가능성으로 현재의 직업이나 사업, 하고자 하는 일 등이다. 재능이나 능력, 교육 배경과 경험을 발휘하거나 친구나 지인을 활용하는 데에서 올 수도 있다. 기회는 어렵고 힘든 일로 위장하고 나타나기도 하므로 해야 할 일을 찾아내고 개발해야 한다. 찾을 수 있는 모든 기회를 활용해라.

성공한 사람을 보고 운이 좋아서 기회를 잡았다고 치부해 버리는 것은 그 사람이 기회를 잡기 위한 땀과 노력을 간과하는 것이다. 기회는 준비된 사람과 준비가 안 된 사람에게도 다가오지만, 준비가 안 된 사람에게는 기회가 오더라도 잡는 것이 불가능하다. 기회를 감당할 능력이 없기에 안타까움만 더해 질뿐이다. 준비가 안 된 상황에서 기회가 오는 것이 오히려 불행이며 기회가 다가왔을 때 준비가 되어 있는 사람만이 기회라는 행운을 활용할 수 있다.

싸이는 기회를 스스로 만들기 위해 노력했고 찾아온 기회를 도약의 발판으로 삼았다. 행운이란 기회를 잡을 준비가 되어 있는 사람에게 주어지는 것이다. 오늘날 싸이가 국제가수가 된 것은 결코 우연한 행운이 아니다. 싸이가 준비하고 노력한 여러 가지 중에서 만약 영어가 되지 않았다면 어떻게 되었을까? 국제가수의 기회가 주어졌지만 제대로 자연스런 공연을 하지 못하고 한계를 드러냈을 것이다. 싸이가 월드 스타로서 국제가수가 된 것은 준비하고 노력한 결과다.

기회가 오기만을 기다리지 말고 때로는 스스로 기회를 만들어라. 위험을 무릅쓰고 기회의 창문을 활짝 열고 뛰어 들어가라. 삶에 안전하기만을 바란다면 큰 기회는 오지 않는다. 기회가 왔을 때 기회의 주변에서 머뭇거리지만 말고 그 기회 속에 뛰어들어라. 싸이는 〈강남스타일〉의 성공으로 국제가수의 기회가 왔을 때 세계 대중음악의 중심지인 미국 대중 음악계로 뛰어들었다.

한 번 놓친 기회는 다시는 오지 않을 수 있다. 물가에서 머뭇거리지만 말고 물속으로 뛰어들어야 한다. 시도해 보고자 하는 일이 있다면 주저하거나 망설이지 말고 도전해라. 🕴

PSY는 미친 광대다

싸이의 노래는 지루한 일상을 잊게 해주고 자신만이 펼치는 색다른 퍼포먼스로 관객을 흥분시킨다. 싸이는 "무대 위에 선 가수의 의무는 광대가 되는 거라고 생각해요. 사람들을 울고 웃고 기쁘고 슬프게 만드는 것이죠. 저는 제 자신을 상품으로 생각합니다. 상품은 사람들이 원하는 게 유지되어야 하죠. 제 콘서트에 표를 구매한 관객들이 최소한 본전 생각이 나지 않게 열과 성을 다해야죠"라고 말한다.

싸이가 광대면 그의 관객은 광객이다. 사전적 한자인 '광대廣大'가 아닌, 미칠 광자를 쓰는 '광대狂大'다. 광객 역시 마찬가지다. 싸이는 못 말리는 열정을 내뿜는 가수로 콘서트에서 파격적인 무

대를 선보이기로 유명하다. 때로는 외국 여자 가수 비욘세가 입는
수영복 모양의 튀는 의상을 입고 패러디를 한다. "여장할 때마다
외롭고 허망해도 관객 여러분들이 좋으면 그만이기 때문에 과감
하게 여장을 해요. 과거에 당분간 활동을 하지 못한다는 사실을
모른 채 평소처럼 무대를 내려왔던 경험으로 인해 늘 오늘이 마지
막이라는 마음으로 공연합니다"라고 말한다.

그러기 때문에 2012년 10월 서울시청 앞 광장에서의 〈강남스
타일〉 성공 자축 공연에서 기꺼이 무대에서 소주 한 병을 원샷했
고, 상의를 벗었다. 공연 내내 객석을 객석이라 부르지 않고 "여러
분들의 무대"라 부르는 싸이는 '그대의 연예인이 되어 항상 즐겁
게 해줄게요 / 그대의 연예인이 되어 평생을 웃게 해줄 게요' 라는
자신의 노래 〈연예인〉의 가사처럼 온 몸으로 관객을 즐겁게 하고
있는 가수이자 광대다.

혼신을 다해 신나고 센세이션을 불러일으키는 공연을 펼치는
싸이는 2006년 7월 발표하여 히트한 〈연예인〉에서 자신의 역할과
놀이에 대한 생각을 피력하고 있다.

나의 그대가 원한다면 어디든 무대야 /유머러스한 남자가 요즘엔
추세야 /남자다운 남자는 낭자를 기쁘게 할 줄 알아야해 /같이 놀고
가지고 놀고 잘 놀 줄 알아야 해 /오늘부로 너의 연예인이 되기 위

해 해 데뷔 무대 /코믹, 멜로, 액션, 에로 맘에 드는 걸 찍으시죠 /지
금부터 슛 들어갑니다 영화 한 편 찍으시죠 /엔딩에 키스씬 있다 참
고 하시죠

그대의 연예인이 되어 항상 즐겁게 해 줄게요 /연기와 노래 코메디
까지 다 해줄게 /그대의 연예인이 되어 평생을 웃게 해 줄게요 /언
제나 처음 같은 마음으로

너를 슬프게 하는 사람 누구야 /오늘 모습도 이뻐 뭐야 왜 우는데 /
그러자 그녀가 웃는데 /항상 개인기와 신기한 이벤트 쇼쇼쇼 /준비
다 끝났으니 우울한 날엔 말씀하셔셔셔 /분위기 띄울땐 댄스 뮤직
한 곡 때리고 /무드 잡을 땐 발라드 한 곡 뽑고 /리듬 타고플 땐 힙
합 힙힙힙합 /하늘 높이 뛰고플 땐 락엔롤

그대의 연예인이 되어 항상 즐겁게 해 줄게요 /연기와 노래 코메디
까지 다 해줄게 /그대의 연예인이 되어 평생을 웃게 해 줄게요 /언
제나 처음 같은 마음으로

난 그대의 연예인 /난 그대의 연예인 /난 당신의 연예인 /난 당신의
/난 당신의 댄스 가수 /때로는 영화배우 같아 때로는 코미디언 같아
/때로는 탤런트 같아 때로는 가수 같아 /너의 기분에 따라 난 난 (난
그대의 연예인)

그대의 연예인이 되어 평생을 웃게 해 줄게요 /언제나 처음 같은 마
음으로 /난 그대의 연예인

싸이는 2009년 12월 콘서트 공연 중 사고가 났다. 크레인을 타고 노래를 부르고 있는데 크레인 전원이 나가서 추락했다. 하지만 싸이는 2010년 1월에 리콜 공연을 가서 지난번에 추락하여 보여주지 못했던 멋진 크레인 장면을 보여주기 위해서 또 다시 크레인에 올랐지만 추락하고 말았다. 지금도 추락 당시의 그 높이만 가면 그때 생각이 난다고 한다. 엘리베이터를 타도 그 당시의 높이인 3층 높이만 가면 안전에 대해 민감해진다고 한다. 하지만 그는 오늘도 관중들에게 멋진 공연을 보여주기 위해 할 수 있는 모든 것을 다한다.

싸이의 콘서트는 대개 혼자서 3시간 반의 장시간 공연이다 보니 2시간이 지나면 탈수 증상이 와서 노래가 끝나고 불이 꺼졌을 때 급히 가서 물을 마신다. 한번은 2시간 반이 지나 춤 동작을 하다가 다리에 경련이 일어났다. 종아리를 쇠꼬챙이 50개로 찌르는 고통이 와서 쓰러졌는데 관객들은 싸이가 퍼포먼스를 하는 줄 알고 "와" 하면서 열광했다. 급기야 들것에 실려 나가야 했다.

잠시 후 싸이는 임기응변식 수단과 처방을 동원했다. 무대에 DJ단을 준비하고 단 뒤에서 디스크자키 역할을 하는 듯 상체만 흔들면서 춤을 추고 노래를 불렀다. DJ단에 가려져 보이지 않는 경련이 일어난 다리를 풀기 위해 뒤에서 트레이너가 종아리에 고인 피를 빼려고 수십 차례 침을 찔러 검붉은 피를 빼내었다.

싸이는 사고의 위험과 몸을 혹사하면서까지 공연을 하지 말라는 주변의 만류에도 불구하고 무대에 목숨을 걸듯이 최선을 다한다. 싸이는 이렇게까지 하는 이유에 대해 말한다.

"여러 번의 시련으로 자숙 기간이 길어 방송 출연이 금지되다보니 콘서트만 할 수밖에 없었어요. 군 문제로 1년여 동안 재판을 하느라 콘서트조차 못하게 됐을 때 바로 그 전 무대가 군 입대 전 마지막 무대였죠. 갑자기 군 문제가 불거져 나왔기 때문에 그 전 무대가 마지막 무대인 줄 몰랐어요. 마지막 무대인 줄 모르고 마지막 무대를 한 게 너무 분하더라고요. '이걸 더 할 걸…, 앙코르를 더 받아줄 걸…' 등 여러 후회가 뒤늦게 찾아왔어요."

싸이는 군을 완전히 제대하고 가수 활동이 재개되어 무대에 올라갈 땐 항상 생각한다. '이게 마지막일 수 있다. 늘 마지막이란 절박한 마음으로 열정을 다하자.'

열정은 인생이란 기관차를 움직이는 힘이다. 물은 끓고 난 다음에 수증기를 발생시킨다. 엔진은 수증기가 발생하기 전에는 1인치도 움직이지 않는다. 열정이 없는 사람은 미지근한 물로 인생이라는 기관차를 움직이는 사람으로서 앞으로 나아갈 수 없다.

열정은 불속의 온기이며 살아있는 존재의 숨결이다. 열정은 인생의 동력이며, 능동적인 힘이고 행동력이다. 산다는 것은 진정한 의미에서 열정적으로 행동하는 것이다. 열심히 일하고, 열기 있게 생활하고, 뜨겁게 사랑하는 것이다. '약간의 열정'은 없다, 열정적이거나 않거나 둘 중의 하나이다. 용암처럼 솟구치는 열정을 가지고 뜨겁게 살아가야 한다.

삶은 용감히 맞서 싸울 것을 요구하는 전쟁이다. 인생에서 성공하려면 열정이 제공하는 힘이 필요하다. 불타는 열정을 가진 사람은 어떤 어려움이 닥치든, 미래가 얼마나 암담하든, 늘 스스로를 격려하면서 마음속에 간직한 꿈을 현실로 만들어 낼 것이다.

열정은 난관을 뚫고 나가게 하고. 변화를 창조하고 변화를 주도하는 원동력이다. 올바르게 발산하는 열정은 방향을 알려주는 표지판 역할이다. 유익한 재능과 고무적인 자신감, 희망을 북돋우고, 기쁘고 즐거운 마음으로 업무와 의무 수행을 도와준다.

총명함이 부족하지만 열정적인 사람이 총명하지만 열정이 부족한 사람보다 많은 것을 이룰 수 있다. 지혜로움과 침착함까지 겸비한 사람이라면 자신의 능력을 최대한 발휘할 수 있다. 열정은 꿈을 가진 사람을 도와주는 힘이다. 열정을 더해라.

열정의 에너지가 사람을 끌어당긴다. 열정적인 사람에게 사람들이 흥미를 갖고 모여들고 참여한다. 열정이 있으면 다른 사람들도 감화되어 도움을 준다.

열정적인 사람은 다른 사람들에게 사기와 의욕을 불러일으켜 능력을 발휘하게 한다. 열정은 확신을 낳고 평범한 사람을 뛰어난 사람으로 만든다. 열정적인 사람이 보여주는 본보기는 전염성이 강하여 다른 사람도 열정적으로 만든다. 열정은 공감을 통해 영향력을 발휘한다. 열정을 전염시켜라.

지금 무엇에 미쳐 있는가? 미쳐있는 그것은 반드시 실현된다. 싸이는 춤과 노래에 미쳐 있기 때문에 월드 스타가 된 것이다. '미치지 못하면 미치지 못한다. 미쳐야 미친다' 는 '불광불급不狂不及'이라는 말처럼, 미칠 정도의 열정 없이 이루어진 위대한 성취는 없다. 성공은 미친 사람의 것이다. 일에 미친 사람만이 무한경쟁 시대에 살아남는다. 미쳐야 아이디어가 나오고, 미쳐야 창조성이 발휘되고, 미쳐야 남과 다른 차이를 만들어낼 수 있다.

보통 사람은 자신이 가진 에너지와 능력의 25%를 일에 투여하면서 밋밋한 대접을 받지만, 세상 사람들은 능력의 50%를 쏟아붓는 사람에게 경의를 표하고, 100%를 투여하는 극히 드문 사람에게 머리를 조아린다. 100% 자신의 에너지와 능력을 투여하면서 미칠 정도로 몰입하기 위해서는 단순히 '마음먹기' 만으론 부족하며 좋아하고 잘하는 일을 해야 한다.

싸이는 미국에서 작곡을 할 때 1년 동안 두세 번 정도 기름이나 가스를 넣으려고 외출 하는 것 외에는 밖에 나가지 않고 오직 작곡에만 몰두했다고 한다. 〈강남스타일〉에서 말춤이 나오기까지 춤 동작 하나하나를 개발하기 위해 30일 밤을 지새웠다고 한다. 그는 스스로 뭐 하나에 꽂히면 집요할 정도로 집중하는 성격이라고 말한다.

열정을 다해 몰입해야 한다. 한 번에 한 가지 일에만 최선을 다해야 한다. 동시에 여러 가지 일에 최선을 다하려고 하면 그 어느 것에도 최선을 다하기 어렵다. 한 눈 팔지 말고 목표를 향해 전진해라. 강한 정신이 목표를 달성하는 지름길이다. 좌절하지 않고 위험을 마다하지 않으며 힘차게 전진할 수 있는 힘이 있어야 한다. 하지만 힘만 가지고는 안 되며, 끊임없는 신념과 의지가 있어야 한다.

렌즈가 불을 일으키는 힘은 집중에서 나온다. 초점을 유지 하는 것이 성공의 핵심이다. 어떤 능력을 갖추고 있든 초점을 통하면 업적을 남길 수 있다. 진정한 욕심쟁이는 많은 일이 아니라 소수의 일에 집중하는 사람이다. 자신의 능력 한계를 이해하고 에너지와 시간을 집중해야 한다. 명확하고 일관된 초점 맞추기를 해라.

열 가지 일을 반쯤 하다 마는 것보다 한 가지 일을 철두철미하게 완수해야 한다. 일을 할 때는 어떠한 일이든 오직 한 가지 일에만 집중해야 한다. 전부 이룰 수 있을 것이라 생각하면 한 가지도 하지 못한다. 일을 할 때 마음을 집중할 수 없거나 집중시키지 않는 사람, 다른 것을 뇌리에서 쫓아내지 못하거나 쫓아내지 않는 사람은 일이 아닌 놀이에서도 마찬가지 경험을 하게 되어 있다. 일도 제대로 할 수 없고 놀이에서도 만족감을 얻지 못한다.

일의 승부는 양量이 아닌 집중된 에너지에 의해 결정된다. 달성하려고 한다면 첫째도, 둘째도 집중, 또 집중해야 한다. 집중하지 못할 일은 과감하게 포기해라. 한 번에 한 가지 일에 집중하여 전심전력을 쏟아라.

스스로 할 수 있는 모든 것을 다했다고 느껴질 때 목표를 향해 한 번 더 전념하겠다고 결심해라. 언제나 마지막 마무리가 중요하다. 완전히 전념하여 끝냈다는 생각이 들었을 때가 한 번 더 전념해야 할 때다. 마무리가 허술해 낭패 보기 십상이다. 마무리에서 승패가 좌우됨을 명심해라. 스스로 최선을 다했다고 생각할 때에 한 번 더 집중해라.

싸이는 에너지가 넘친다. 무대에서 땀을 뻘뻘 흘려가며 특유의 에너지와 파이팅 넘치는 공연을 펼친다. 혼자서 3시간 반의 단독 콘서트를 하려면 건강이 뒷받침 되지 않으면 안 된다. 거기에다 술을 잘 마시고 가무를 즐기는데 건강이 뒤따라야 할 수 있는 행위이다. 아무리 열정이 있고 마음이 앞서도 건강하지 않으면 할 수 없는 것이다. 대중들 앞에 나서는 가수이니만큼 당연히 몸을 가꾸고 관리하겠지만, 누구나 인생을 살아가면서 건강을 잃으면 모든 것을 다 잃는 것이니 건강에 힘써야 한다.

건강은 기쁨의 원천으로 행복한 삶의 전제 조건이자 필수 조건이다. 건강이 허락하지 않으면 삶을 즐길 수 없다. 건강은 삶의 필수조건이다. 가장 귀중한 재산인 건강을 유지하는 일이 최우선이다. 건강을 소중히 여길 때 삶의 활력이 넘쳐난다. 건강한 몸과 마음을 유지하기 위해 스스로를 단련해야 한다.

건강은 돈을 주고도 살 수 없는 가장 귀중한 재산이다. 건강하지 않으면 돈이 많아도 쓸모가 없다. 재산이 아무리 많더라도 건강하지 않으면 즐길 수 있는 마음의 여유를 가질 수 없다. 돈을 벌기 위해 건강을 잃어버리면 다시 건강을 되찾기 위해 돈을 다 잃을 수도 있다.

몸과 마음과 정신과 영혼의 힘이 서로 복잡하게 관계를 맺고 있는 것이 인간이라는 유기체다. 몸과 마음과 정신과 영혼이 균형 잡혀있고 제구실을 해야 건강하다고 할 수 있으며 만족스럽고 보람 있고 성숙한 삶을 살 수 있다. 자신의 몸, 아름다움, 마음, 정신에 헌신해라.

몸이 아프면 아무리 강건한 의지를 가졌다 해도 나약해질 수밖에 없다. 건강은 신체뿐만 아니라 정서와 정신, 영적인 존재를 좌지우지하는 엄청난 힘을 발휘한다. 신체의 모든 움직임은 정신 상태와 밀접하게 연결되어 있기 때문에 몸 상태가 좋지 않으면 곧 마음에 갈등, 긴장, 근심 등을 가져온다.

누군가가 건강을 지키거나 돌보게 할 수는 없다. 건강은 스스로 돌볼 때 지킬 수 있다. 자신의 몸과 마음과 정신을 돌보아야 한다. 이것이 생활의 일부가 되면 건강을 지키는 첩경이 된다. 자신의 건강을 위한 시간을 투자하지 않는 것은 자신에 대한 소중함을 느끼지 못하는 것이다.

건강의 튼튼한 기초를 닦는 일이 최우선이다. 신체의 즐거움을 느끼고 강해져야 한다. 건강한 몸과 마음을 유지하기 위해 스스로를 단련해야 한다. 인간의 기능은 신체 기관에 의해 유지되고 보호된다. 신체 기관을 활발히 움직여야 건강할 수 있다. 다리가 기쁨을 느낄 정도가 되어야 신체적으로도 기쁨을 느낄 수 있다. 신체 단련에서 뛰어난 성과를 거두도록 해라.

건강의 기본 원칙인 잘 먹고, 잘 자고, 휴식을 취하고, 적당한 운동을 하여 건강의 잠재적인 위험을 제거해야 한다. 건강을 위한 식생활과 운동 계획을 수립하여 매일 실천해야 한다. 대체적으로 질병은 신체의 조화와 균형이 깨지고 있다는 것을 증명한다. 한편으로는 마음속의 억압된 감정이 질병을 부르기도 한다. 심한 스트레스를 억누르며 살다가 결국 암으로 죽을 수도 있다. 이것은 마음속에 누적된 감정의 앙금이 병으로 나타난 것이다. 질병은 여러 가지 복합적인 요인들을 품고 있다. 가장 좋은 치료는 예방이다.

약으로 병을 고치려는 것보다 운동으로 병을 예방해라. 운동에 시간을 보내는 것은 인생을 경제적으로 보내는 것이다. 육체적인 운동에 시간을 투자하지 않으면 병에 걸려 보다 많은 시간을 병상에서 보내야 하기 때문이다.

돈을 버느라 건강은 안중에도 없다가 건강을 잃고 나면 건강을 되찾는데 전 재산을 투자한다. 병이 발생하고 나서 고치려 하지 말고 병을 예방하도록 해야 한다. 아무리 힘든 상황이라도 운동에 시간을 할애하는 것은 인생을 경제적으로 보내는 것이다. 운동에 시간을 투자하지 않으면 병에 걸려 보다 많은 시간을 병상에서 보내야 하기 때문이다.

몸은 처음에는 미세한 몸 상태 느낌의 작은 소리로, 나중에는 몸이 아픈 큰 소리로, 그래도 응답이 없으면 몸 상태가 악화된 천둥 벼락 같은 소리로 말을 걸어온다. 큰 소리가 나기 전에 먼저 몸을 보살펴야 한다. 몸이 하는 말을 수시로 들어야 건강을 돌볼 수 있다. 자신을 지탱 시켜주는 몸에게 감사를 표하면서 필요한 운동과 휴식, 수면을 취하고 사랑의 감정을 발휘해라.

근육은 잘 운동시켜야 하지만 신경은 항상 아껴 써야 한다. 신경을 너무 쓰면 건강을 잃고 만다. 마음이 평안해야 건강이 유지된다. 분노와 격정과 같은 격렬한 감정의 혼란을 피해라. 정신적인 긴장이 계속되지 않도록 주의해라.

지나치게 먹는 것은 육체와 정신에 큰 해가 된다. 포식하지 말고 조금 모자랄 때 식탁을 떠나라. 물은 충분히 마셔야 한다. 물은 노폐물을 배설시켜 건강과 체중 감량에 도움을 준다. 하루 2리터를 수시로 마셔라.

싸이는 지금 월드 스타로서 살인적인 스케줄을 소화하고 있다. 건강관리를 할 시간적 여유가 없을 것이다.

건강한 몸을 만들고 유지하는 것은 부단한 자기 노력의 소산이다. 평소에 열심히 건강을 챙기고 돌보아야지, 건강을 잃고 난 뒤에 챙기면 그때는 늦다. 충분한 수면과 영양을 섭취하면서 규칙적인 운동을 하고 음식물을 조절해라.

PSY

PSY는 창조적 게릴라다

싸이는 게릴라다. 창조적 괴짜인 문화 게릴라다. 그는 항상 신나고 센세이션하며 논란 있는 노래와 춤들을 내놓았다. 멜로디도 그렇지만 가사와 춤이 파격적이다. 뮤직비디오를 보면 더욱 파격적이다. 차 위에서 춤추는 장면이 있는가 하면 〈강남스타일〉의 뮤직비디오에서 보듯이 엘리베이터에서 가랑이 사이에 사람을 두고 섹시한 춤을 추는 장면과 화장실 변기에 앉아 있는 장면 등 상상을 초월하는 창조적인 장면들이 등장한다.

공연을 할 때에 노래하면서 소주를 흔히 말해 원샷을 때리고 웃통을 벗고 노래해 논란을 일으켰다. 싸이는 창의적인 노래 가사와 상상을 초월하는 기발한 춤과 행위를 통해 즐거움과 웃음을 선사하고 기존 생각과 질서를 허문다. 싸이는 기존 질서를 파괴하는 파괴자다.

바야흐로 지금은 반역의 시대다. 반역의 시대는 자신만의 특징, 창의성을 발휘해야 하는 시대다. 세상 사람들이 모두 옳다고 하는 것이 언제나 옳은 것은 아니며, 남들이 모두 가는 길이 언제나 바른 길은 아니라는 생각이 바로 위대한 창조며, 상상력의 원천이다. 위대함과 탁월함은 대중과 다른 길을 걷는 반동反動의 축복이다.

비틀즈는 반역의 시대를 만나 자신의 천재성을 만들었고, 빌 게이츠는 남들이 모두 가는 길을 포기하고 다른 길을 걸어 세계적인 명성을 거머쥐었다. 싸이도 넉넉한 집안 형편으로 안주할 수 있는 길을 포기하고 자신이 하고 싶은 일 잘할 수 있는 다른 길을 걸으면서 〈강남스타일〉 히트를 계기로 세계적인 명성을 얻으면서 국제가수가 되었다. 〈강남스타일〉은 세상에서 싸이만이 만들어낼 수 있는 가치, 싸이가 표현하지 않으면 다른 누구도 표현할 수 없는 그 무엇을 창조해 낸 것이다.

싸이는 많은 노래를 작곡했는데 버클리 음대에 입학을 하긴 했지만 대학에서 작곡을 배운 것이 아니라 혼자서 독학으로 작곡을 했다. 그는 창의성에 대하여 "다른 사람에게선 창작을 배울 수 없고 스스로 창작을 배워야 하며 창의적이 되는 데는 때론 학문적인 것이 창의성을 방해할 수 있다는 게 저의 생각입니다"라고 말한다. 그는 작곡을 할 때 어떤 논리나 조화에 구애받지 않고 파격적으로 싸이만의 특징을 살린 창조적인 작곡을 하고 있다. 싸이의 〈강남스타일〉은 춤과 가사에 있어서 여러 버전을 적용할 수 있도록 개방적인 창조성을 발휘한 것이다.

창의성이 시대의 화두다. 어제의 불가능이 오늘의 가능성이 되며, 공상이 현실로써 눈앞에 출현하고 있다. 미래는 창조하는 것이다. 창조는 위대한 혁명이다. 창의성은 생각을 디자인하는 것이다. 싸이의 작곡과 작사, 춤도 생각을 디자인한 결과다. 창조는 독창성으로 차별화하는 것이다.

자신이 창조적이라고 생각해야 창의력의 마술이 일어난다. 창의성을 위해서는 열정으로 가득한 호기심을 가지고 있어야 한다. 끊임없이 갈망하고 끊임없는 탐구정신을 유지해야 한다. 하는 일을 사랑하면서 몰입해야 한다. 규제와 울타리라는 금기가 없이 실험하고 혁신에 도전해야 한다. 매너리즘을 타파해야 한다. 발상의 전환을 넘어 발상을 파괴해야 한다.

창의적 인물은 미래를 예측하려 하기보다는 오히려 현재를 잘 관찰하는 능력이 있다. 10년 뒤에 세상이 어떻게 변해 있을까에 초점을 맞추기보다는 지금 무슨 현상이 벌어지고 있는지를 간파

한다. 미래를 만드는 것은 현재 집착하고 끊임없이 추구하고 있는 것이다. 싸이의 〈강남스타일〉도 현재의 문화적인 트렌드를 잘 간파한 것이다.

모든 문화는 상상의 산물이다. 상상은 창조의 시작이다. 미래는 상상 속에 존재한다. 상상을 해야 꿈을 실현할 수 있다. 창조는 상상과 현실의 결합이다. 바라는 것을 상상하고 상상한 것을 의도하고 마침내 의도한 것을 창조하는 것이다. 처음에는 상상이 비현실로 보이지만 결국에는 '상상의 세계'가 '현실의 세계'로 바뀐 것이다.

어느 누구도 상상력을 통제하거나 빼앗아 갈 수는 없다. 진정으로 원하는 것에 집중하는 적극적인 상상력을 발휘해야 한다. 자기가 상상하는 대로 변할 수 있다. 끊임없는 상상은 무엇이든 변화시키고 창조하는 능력을 발휘한다. 상상력을 자극하고 발휘해라.

진화進化의 시대는 가고 혁명革命의 시대이다. 산업혁명 이후 20세기까지가 점진적으로 진화하는 시대였다면 불확실성이 지배하는 21세기는 룰을 바꾸는 혁명의 시대다. 21세기에는 성실한 꿀벌의 능력은 도태되고 창의적인 게릴라가 성공할 것이다. 이에 걸맞은 행동원칙으로 무조건 열심히만 하는 꿀벌이 아니라 파격적인 아이디어를 행동으로 옮기는 게릴라기 되어야 한다. 때로는 질서를 따라가지 말고 무너뜨리고 새로운 질서를 만들어야 한다.

착실하게 주어진 일만 열심히 수행하는 꿀벌과 같은 사고방식에서 탈피해야 한다. 틀에 박힌 성실한 꿀벌의 능력을 가진 사람보다는 파격적인 아이디어를 행동으로 옮기는 창의적인 게릴라가 성공한다. 싸이는 성실하게 일만 하는 것이 아니라 가무와 놀이를 즐기면서도 창의력과 상상력으로 무장한 창의적인 게릴라가 되어 파격적인 아이디어를 노래와 춤으로 표현하는 행동주의자이다.

게릴라 하면 빨치산 유격대를 떠올리며 나쁜 이미지를 가지고 있을지 모르겠다. 원래는 나폴레옹이 스페인을 원정했을 때 스페인 사람들의 무장저항을 게릴라로 부른 데서 비롯됐다. 그리스의 내전과 베트남 전쟁 등에서 게릴라의 위력이 입증된 적이 있다.

게릴라는 소규모 조직을 통해 적의 경비가 허술한 기지나 병기, 연료, 탄약고 등을 기습적으로 공격한다. 그리고 피해를 준 후에는 신속하게 빠져나와 일반 민중 속에 숨어서 반격을 피한다. 요즈음은 게릴라 콘서트를 떠올리며 다소 익숙한 용어로 들릴 것이다. 〈강남스타일〉의 주역인 싸이를 비롯한 기획자, 안무가, 뮤직비디오에 출연한 문화 게릴라들이 세계 대중 음악계를 점령한 것이다.

주류 문화에 맞서서 마이너의 정서를 대변하는 문화를 'B급 문화'라고 부른다. 고상한 말과 노래 대신 B급 음악은 거친 언어로 욕망을 충실하게 노래한다. 싸이가 'B급 문화의 선봉장' 이 된 것은 스스로 B급을 콘셉트로 한 음악을 추구하기 때문이다. 싸이의 초창기 노래 가사를 보면 세상을 비틀고 풍자하는 것이 많으며 때로는 기존 질서를 파괴한다.

역발상이 창조와 상상력의 원천이다. 세상 사람들이 옳다고 하는 것이 언제나 옳은 것은 아니다. 당연하고 옳다고 생각하는 것을 의심해라. 위대한 창조는 널리 인정받는 주장과 믿음에 의문을 제기하고 다른 길을 걷는 반동反動의 결과다. 때로는 질서를 따라가지 말고 무너뜨리고 새로운 질서를 만들어라.

창의성은 새로운 길을 내는 것이다. 늘 다니던 길을 벗어나 다른 길을 가보라. 남들이 모두 가는 길이 언제나 바른 길은 아니다. 때로는 남들과 다른 길을 선택하여 가라. 익숙한 것에서 벗어날 때 비로소 새로운 길이 보이고 혁신적인 아이디어가 나온다. 낯선 것을 두려워하지 말고 익숙한 것을 두려워해라. 다수에 휘둘리지 말고 자신만의 가치를 지녀라.

때로는 사회적 통념을 무시해라. 많은 사람들이 일하는 방법을 벗어나 새로운 방법을 시도해 보라. 그러면 처음에는 무모해 보일 수 있지만 전에 보지 못한 무언가를 발견하게 될 것이며 틈새를 찾아낼 수 있을 것이다. 이것이 창조의 단초가 될 수 있다.

창조의 씨앗은 묻혀 있기 일쑤다. 창의성을 가로막는 장애물은 고정관념이다. 고정관념에 사로잡히지 않아야 창조가 가능하다. 문제는 어떻게 새롭고 혁신적인 생각을 떠올리느냐가 아니라 어떻게 낡은 생각을 떨쳐내느냐이다. 고정관념을 파괴하고 새로운 생각의 틀을 짜고 새로운 시각으로 세상을 바라보아야 한다.

헤르만 헤세의 소설 데미안에 '새는 알을 깨고 나온다. 알은 새의 세계다. 태어나려는 자는 한 세계를 파괴해야만 한다. 하나의 세계를 파괴하지 않으면 새로운 세계로 나갈 수 없다. 알을 깨고 나온 새는 신을 향해 날아간다' 는 글이 있다.

미래의 주도권을 위해선 스스로 무너뜨릴 줄 알아야 한다. 창조를 원하는 자는 기존의 질서를 깨야한다. 파괴할 용기가 없으면 창조는 있을 수 없다. 그 파괴는 창조를 위한 파괴여야 한다. 기존의 틀을 깨고 오직 새로운 것만을 생각해라.

한창 잘 나갈 때가 파괴할 시점일 수 있다. 싸이는 〈강남스타일〉 이후의 곡에 대하여 또다시 창조적인 파괴를 해야 한다. 훌륭한 내일을 창조하기 위해서는 오늘의 안정된 상태를 주체적이며 의도적으로 파괴할 수 있어야 한다. 내일을 창조하려는 사람들 즉 오늘을 스스로 파괴하는 사람들이 미래의 주인공이 된다. 창조를 통해 파괴해라. 그렇지 않으면 도태될 것이다. 하나의 세계를 파괴하고 비상해야 한다.

시대가 시시각각으로 변화하고 있고 특히 대중음악에 있어서 대중들의 음악에 대한 유행과 욕구도 변화하고 있다. 노래와 춤, 가사도 시대에 따라 수시로 변화한다. 음악에 대한 대중들의 취향이 수시로 바뀌는 것이다. 대중의 욕구와 트렌드에 따라가지 못하면 식상해져 버린다.

싸이는 이와 같은 대중들의 욕구와 변화에 대응하기 위해 시대의 트렌드에 맞는 '일렉트로닉스' 음악과 단순하면서도 재미있는 가사, 따라 하기 쉬운 말춤을 도입한 〈강남스타일〉로 빅히트 했다. 이에 만족하면서 안주하는 것이 아니라 변화를 읽고 이에 따라가기 위해 고된 작업을 해야 한다.

'변화'라는 단어는 대중음악뿐만 아니라 사회 곳곳의 모든 분야에서 대두되는 시대의 화두다. '변화를 요구하는 시대' '변화를 쫓아가야 하는 시대'를 맞이하면서 이에 어떻게 대응할 것인가가 시대적 과제다.

빌 게이츠는 "나는 힘이 센 강자도 아니고, 두뇌가 뛰어난 천재도 아니다. 날마다 새롭게 변했을 뿐이다. 그것이 나의 성공 비결이다. 'Change(변화)'의 g를 c로 바꿔보라. 'Chance(기회)'가 된다"라고 말했다. 변화 속에 반드시 기회가 숨어있다. 그냥 이대로'는 실패를 위한 주문이다. 변화는 불가피하며 필수적이다. 현실에 안주하거나 자만하면 끝장이다.

찰스 다윈은 진화론에서 "살아남은 것은 가장 강한 종도, 가장 똑똑한 종도 아니다. 그것은 변화에 가장 잘 적응하는 종이다"라고 했다. '적자생존適者生存'이라는 자연의 법칙에서 적자適者는 변화할 수 있는 능력의 표현이다. 자연은 변하지 않는 개체에 대해 무자비하다. 변화에 적응하지 못하면 죽음만이 있을 뿐이다. 안타깝게도 많은 사람들이 변화하지 않으면 죽는지 알면서도 스스로 변화하지 못하고 있다.

변화는 구호가 아니라 실천이다. 변화는 변수가 아니라 상수이며 위기이자 기회이다. 성공은 얼마나 예측을 잘하느냐에 달려있지 않고 직면하는 변화에 대하여 얼마나 대처를 잘하느냐에 달려 있다. 자신을 변화에 적응시켜나가야 한다. 변화에 적응하고 변화를 즐겨야 한다. 모든 것이 변하고 있으며 사물과 상황이 계속 변화하고 있다.

변화하는 환경에 대처하려면 무엇을 해야 하는가? 늘 새로운 방식으로 생각하고, 새로운 마음가짐으로 일해라. 낡은 습관과 낡은 방식을 버리고 새로운 방식을 채택해라. 지속적으로 변화에 적응하여 아름다운 미래를 맞이해라.

에스키모는 들개를 사냥할 때 날카로운 창에 동물의 피를 발라 들판에 세워둔다. 냄새를 맡고 모여든 들개들은 피를 핥다가 추운 날씨 탓에 혀가 마비된다. 자신의 혀에서 피가 나와도 누구의 피인지 모르고 계속 창끝을 핥다가 결국 비극적으로 죽어간다. 죽지 않으려면 타성에서 벗어나야 한다.

타성에 젖으면 매너리즘에 빠지게 되고 결국 망하게 되는 것이 당연한 이치이다. 매너리즘이라는 관습은 그저 따라만 하면 참 편하고 문제가 발생해도 '관습에 따라했다'고 하면 그만이지만 관습을 쫓기만 해서는 뒷전으로 사라지게 된다.

싸이가 대부분의 보통의 뮤지션들이 만드는 노래를 부르고 춤을 추고 뮤직비디오를 만들었다면 세계적인 선풍을 일으킬 수 있었겠는가?

똑같은 일을 비슷한 방법으로 계속하면서 나아질 것을 기대하는 것만큼 어리석은 일은 없다. 급변하는 시대에 과거 지향적 사고는 곧 도태를 의미한다. 타성에 젖는 것은 미래를 위험하게 만든다. 잡고 있는 헌 밧줄을 놓고 새 밧줄을 잡아라. 타성에 젖지 말고 남다른 내일을 만들어라.

혁신革新의 혁革은 갓 벗겨낸 가죽皮을 무두질해 새롭게 만든 가죽革을 말하는 것이다. 혁신은 가죽을 벗기는 고통으로 새로움을 창출한다는 뜻처럼 기존의 것을 바꾸거나 고쳐 면모를 일신시킨다는 것이다. 혁신에는 리스크가 따른다. 혁신을 행하지 않으면 리스크가 더 크다. 혁신은 리스크를 확실하게 하고, 최소한으로 한다.

싸이는 지속적으로 작곡과 노래와 춤과 뮤직비디오와 공연에 혁신의 바람을 집어넣어야 한다. 혁신을 멈춘다는 것은 쇠퇴를 뜻한다. 혁신은 번뜩이는 천재성의 결과가 아니라 고된 작업의 결과다. 천재가 필요한 것이 아니라 고된 작업이 필요하다. 지속적으로 혁신을 추구해야 진정한 강자가 될 수 있다. 혁신이 계속되어야 함을 엄숙히 받아들여야 한다.

순간이 인생을 결정한다

싸이는 순간적인 임기 대응 능력이 탁월하다. 춤도 정형화된 막춤이라 상황에 따라 변형하여 추고, 순간적인 상황에 맞는 말솜씨를 재치 있게 발휘한다. 공연 중에 다리에 경련을 일으켜 쓰러졌을 때에도 DJ단을 앞에 놓고 상체만 흔들면서 춤을 추고 노래하고, 보이지 않는 경련이 일어난 다리에 침을 찔러 고여 있는 피를 빼내 경련을 푼 것 등 순간적인 위급 상황에 임기응변으로 잘 대처하였다.

싸이가 가수로서 펼치는 공연은 순간순간의 행동이 모여서 이루어지는 것이다, 싸이가 하는 작곡도 순간적으로 떠오른 악상을 노래로 실현시킨 것으로 순간을 잘 관리한 결과물이다. 싸이는 시련을 겪고 있는 순간에도 창의성을 발휘하여 히트곡 〈챔피언〉을 작곡하였다.

싸이는 대마초 흡연으로 자숙의 시간을 보내고 있는 과정에 서울시청 앞 광장에서 벌어진 2002년 월드컵 응원에 앞장서면서 축하 공연을 펼쳤다. 그날 공연을 하다가 싸이는 광화문 시청 광장 차도 앞에 전경들이 손을 잡고 가이드라인을 형성하고 있는 것을 보았다. 반면에 무대가 아닌 차도 쪽을 보고 있는 전경 뒤편에서 또래의 젊은이들이 공연에 열광하고 있었다. 전경들이 돌아보면서 힐끗힐끗 싸이 공연을 보고 있었다. 싸이는 그 모습을 본 순간을 이렇게 표현한다.

"그때 생각이 든 게 참 묘했어요. 같은 또래인데 전경이라서 차도를 보고 있고 학생이라서 내 공연을 관람하고 있는 현실이 이상했어요. 전경, 학생, 남녀노소 누구나 다 똑같은 사람이라는 생각이 들면서 월드컵의 분위기와 함께 다 같이 챔피언이라는 생각이 순간적으로 들었어요. 이때 든 순간적인 생각으로 탄생한 노래가 〈챔피언〉입니다."

싸이는 시련을 겪고 있는 순간에 호기심 어린 눈으로 사물을 유심히 바라보고 아래 가사와 같은 **〈챔피언〉**이라는 창의적인 작곡을 했다. 가사를 음미해보면 여러 의미를 담고 있다.

모두의 축제 서로 편 가르지 않는 것이 숙제/ 소리 못 지르는 사람 오늘 술래/ 다 같이 빙글 빙글 강강수월래 강강수월래/ 함성이 터져 메아리 퍼져/ 파도 타고 모두에게 퍼져 커져/ 아름다운 젊은이 갈라 져 있던 땅덩어리/ 둥글게 둥글게 돌고 도는 물레방아 인생 사나인 데/ 가슴 쫙 펴고 화끈하게 손뼉을 치면서 노래를 하면서/ 이것 보 소 남녀노소 좌우를 흔들어 (챔피언)/ 소리 지르는 네가 (챔피언)/ 음악에 미치는 네가 (챔피언)/ 인생 즐기는 네가 (챔피언)/ 네가 (챔 피언)/ 네가 (챔피언)/ 소리 지르는 네가 (챔피언)/ 음악에 미치는 네가 (챔피언)/ 인생 즐기는 네가 챔피언~

전경과 학생 서로 대립했었지만 나인 같아/ 고로 열광하고 싶은 마 음 같아/ 오늘 부로 힘을 모아 합세 하나로 합체/ 모두 힘을 길러 젊 음을 질러/ 자유로운 외침이 저기 높은 하늘을 찔러/ 소리 질러 우 리는 제도권 킬러/ 둥글게 둥글게 돌고 도는 물레방아 인생 사람인 데/ 똑같이 모두 어깨동무/ 손뼉을 치면서 노래를 하면서/ 파벌 없 이 성별 없이 앞뒤로 흔들어 (챔피언)/ 소리 지르는 네가 (챔피언)/ 음악에 미치는 네가 (챔피언)/ 인생 즐기는 네가 (챔피언)/ 네가 (챔 피언)/ 네가 (챔피언)/ 소리 지르는 네가 (챔피언)/ 음악에 미치는 네가 (챔피언)/ 인생 즐기는 네가 챔피언~

질러 볼까 더 크게/ 뛰어 올라 더 높게/ 내일 걱정은 낼 모레/ 모두 들 미쳐 보게/ 둥글게 둥글게 돌고 도는 물레방아 인생 한방인데/

바람 따라 구름 따라/ 손뼉을 치면서 노래를 하면서/ 주먹을 쫙 피고 하늘로 아래위로 흔들어 (챔피언)/ 소리 지르는 네가 (챔피언)/ 음악에 미치는 네가 (챔피언)/ 인생 즐기는 네가 (챔피언)/ 네가 (챔피언)/ 네가 (챔피언)/ 소리 지르는 네가 (챔피언)/ 음악에 미치는 네가 (챔피언)/ 인생 즐기는 네가 챔피언~

순간적으로 떠오른 악상을 오선지에 그려 노래로 연결시켜 히트곡을 만들듯이 인생에서 순간순간이 중요하다. 삶이란 순간순간이 만들어나가는 연주다. 삶을 만들어가는 건 계속해서 이어지는 나날들이다. 시간 속에서 평화와 기쁨, 치유를 경험하며 하루하루를 의미 있게 만들어나간다. 하루하루의 날들이 삶을 이루듯, 매일의 일상을 만들어내는 건 순간의 시간들이다.

삶은 소유물이 아니라 순간순간의 있음이다. 삶은 순간순간이 마무리이자 새로운 시작이다. 삶은 순간순간의 행동으로 이루어진다. 이 순간이야말로 무언가를 할 수 있는 유일한 때이다. 지금 이 순간이 삶의 놀이가 일어나는 시간이다. 행동할 수 있는 유일한 기회는 '바로 지금 이 순간' 뿐이다. 순간을 삶의 중심으로 삼고 소중하게 관리해야 한다.

순간! 순간! 정말로 중요하다. 지금 이 순간으로부터 자신을 분리시킬 수 없고, 지금 이 순간만이 자신이 소유할 수 있는 전부다. 세상에서 가장 중요한 시간은 '지금 이 순간'이고, 세상에서 가장 중요한 사람은 '지금 함께 있는 사람'이며, 세상에서 가장 중요한 일은 '지금하고 있는 일'이다. 지금 이 순간에 충실해라.

순간의 일과 행동이 운명을 결정한다. 순간의 선택이 일생을 좌우한다. 순간이야말로 모든 것을 이룰 수 있는 때이기 때문이다. 순간을 잘 관리하여 잘나가는 인생이 되기도 하고, 잘못 관리하여 흔들리는 인생이 되기도 한다. 순간적으로 떠오른 아이디어나 악상樂想, 선택에 의해서 성공의 문에 들어서기도 하고 순간적인 말실수나 행동 실수로 패가망신하거나 삶의 나락으로 떨어진다.

인생은 어제 한 일에 의해서도, 내일 하는 일에 의해서도가 아니라 오늘, 지금 이 시간 이 순간에 생각하여 행동하는 바에 따라 정해진다. 지나간 과거에 대한 동경이나 후회, 오지 않은 미래에 대한 기대나 걱정을 하지 말고 지금 현재에 집중해야 한다. 지금 이 순간 할 수 있고 해야 하는 일이면 지금 해라. 내일로 미루지 마라. 5분 뒤에 하려고 하지 마라.

아이디어가 떠올랐다면 즉시 메모하고, 악상이 떠올랐다면 지금 바로 오선지에 그리고, 주변 사람에게 "사랑한다"고 말하거나 "미안하다"고 말해야겠다고 마음먹었다면 바로 지금 해라. 기회는 다시 오지 않을지 모른다. 지금 이 순간을 붙잡아라.

세상의 모든 희망은 언제나 지금부터 시작된다. 지금은 일생 중에 가장 중요한 순간이며 다른 모든 날을 결정해 주는 순간이다. 삶의 모든 것은 지금을 중심으로 연결되어 있다. 삶의 모든 날은 지금을 중심으로 펼쳐져 있다. 지금 일어서면 희미했던 삶 전체가 뚜렷해지고 무너지면 단단해 보이던 삶도 무너진다. 지금의 작은 생각이나 행동이 과거의 어떤 큰 생각이나 행동보다 중요하다. 미래는 지나간 경험이 아니라 지금 하고 있는 생각이나 행동이 결정한다.

과거에 묶이거나 미래를 서두르다 보면 지금 이 순간을 놓치고 만다. 과거의 지나간 회상에 발목이 잡히거나 미래의 아직 오지 않은 상상에 사로잡혀서는 안 된다. 지금 이 순간은 주어진 유일한 소중한 시간이다. 과거나 미래가 아니라 현재의 순간을 삶의 중심으로 삼아야 한다. 지나간 모든 순간들과 작별하고, 다가올 미래에 연연하지 말고 지금 이 순간에 최선을 다해야 한다.

순간순간마다 항상 깨어 있는 의식으로 자신의 모습을 자각하고, 하지 말아야 할 일은 하지 않아야 하고, 해야 할 일은 하겠다는 결심을 하고 올바르게 행동을 하는 것이 중요하다. 무엇이든 자기하기에 달렸다. 최선을 다해야 한다. 지금 하고 있는 일에 집중해라. 지금 이 순간에 무엇을 생각하며 하고 있는가? 되돌릴 수 없는 순간들 앞에서 최선을 다해라. 그 자체가 인생을 떳떳하게 하며 후회 없는 행복한 삶을 만드는 것이다.

실패는 성공의 디딤돌

싸이는 국제가수가 되기까지 여러 시행착오와 실패를 겪었다. 실패가 성공의 디딤돌이 된 것은 작곡가로서의 실패였다. 자신이 심혈을 기울여 작곡한 100곡의 자작곡 중에서 엄선한 50곡이 3년 여에 걸쳐 한 곡도 팔리지 않은 것이 가수로 데뷔하게 된 결정적인 이유였다.

집에서는 음악을 그만두라는 압박이 오고 곡은 팔리지 않고 더 이상 버틸 수 없는 상황이 오자 자작곡을 자신이 직접 부르는 것이 음악을 계속할 수 있는 유일한 길이었다. 이것이 오늘날 국제가수가 된 첫 번째 계기였다. 하지만 가수로 데뷔한 후에도 6개월 여 동안 유명해지지 않고 가수로서 실패했다고 판단이 들었지만 포기하지 않았다. 방송국을 찾아가서 춤을 추어 TV 출연의 기회를 만들었고 보여주는 춤이 아니라 대중들이 동참하게 하는 춤을 만들어 자신만의 특징을 살리면서 가수의 길을 걸은 것이 결정적인 계기가 되었다.

작곡한 곡이 팔리지 않은 것이 가수로서 데뷔하게 된 계기가 되었고, 데뷔를 했음에도 가수로 유명해지지 않자 대중들이 동참할 수 있는 춤을 개발하는 노력을 기울이는 계기가 되었다. 오늘날 〈강남스타일〉의 말춤에서 보여주듯이 대중들이 동참할 수 있는 춤을 만들어 국제가수의 반열에 오른 결정적인 계기가 된 것이다.

격렬하고 정신없는 놀이인 인생에서 실패하지 않는 사람은 없다. 목표를 향해 최선을 다해도 실패할 때가 있다. 하지만 실패에서 다시 일어서야 하는 것이 인생이다. 실패는 신이 내린 선물이다. 인간은 실패가 허락된 유일한 창조물이다. 신이 다시 일어서는 법을 가르쳐 더 멀리 가게 하려고, 더 큰 뜻을 품게 해서 더 크게 쓰려고 실패라는 일시적인 고통을 안겨주었다고 위안하면서 삶을 영위해야 한다.

넘어지지 않고 달리는 사람에게는 박수를 보내지 않는다. 넘어졌다가 일어나 다시 달리는 사람에게 박수를 보낸다. 인생에서 중요한 것은 실패하지 않는 것이 아니라 실패해도 좌절하지 않고 다시 일어나는데 있다. 실패가 족쇄가 되지 않게 해야 한다.

실패를 방지하는데 초점을 맞추면 안전을 추구하는 신중함이 정체와 쇠퇴를 불러올 수 있다. 새로운 성공을 창조하는데 초점을 맞추어 과감함을 선택해야 한다. 실패할 수 있다고 생각하고 도전하고 또 도전하여 끝장을 보아야 한다. 아무 일도 하지 않으면 아무 것도 이루지 못한다. 실패의 최대 보증수표는 처음부터 지나치게 실패를 걱정하는 태도다.

실패란 아무것도 성취하지 못했다는 걸 의미하는 것이 아니라 무엇인가 새로 배웠음을 의미할 뿐이다. 실패한 것을 스스로를 비난하고 자학해서는 안 된다. 자신을 가혹하게 처벌하는 사람은 새로운 것을 배우기 힘들다.

새로운 내일을 계획하고 지금 할 일을 찾아야 한다. '하지 못했던 것들'을 후회하기보다는 자신이 '할 수 있는 것들'을 해야 한다. 성공한 사람들의 뒤에는 대부분 그만큼 아니, 그 이상의 실패가 자리하고 있다. 실패 후에 좌절하느냐 다시 일어서느냐 하는 것이 성공과 패배를 결정한다. 실패에 굴복하는 것만이 실패이다. 실패하면 다시 일어나 뛰어라.

실패를 실험이라고 생각해라. 실패는 성공의 과정이며 투자다. 성공은 대개 실패라는 시행착오를 통해서 온다. 실패하지 않는 유일한 길은 아무런 시도도 하지 않는 것이다. 성공하는 사람은 실패하지 않는 사람이 아니라 포기하지 않고 또 다시 도전하는 사람이다.

삶은 연극처럼 뒤얽혀 있다가 다시 전개된다. 실패가 성공의 시작을 알리는 신호일 수 있지만 실패한 사람이 모두 성공하는 것은 아니다. 실패를 그냥 실패로 받아들이면 성공할 수 없다. 실패의 이유를 찾아내고 교훈을 얻어 다시 일어서야 한다. 실패를 성공을 위한 학습 기회로 삼아야 한다. 실패를 인정하는 것에서 배움과 발전이 시작된다. 실패의 경험을 성공의 밑거름으로 만들어야 한다.

인간은 쉬운 싸움에서 이기는 것보다 어려운 싸움에서 패배하면서 비로소 성장한다. 큰 성공은 넘어질 때마다 일어나는 사람에게 오는 것이다. 작은 성공은 실패 없이도 가능하지만 큰 성공 뒤에는 항상 쓰라린 실패가 있게 마련이다.

싸이는 자신이 작곡한 노래가 팔리지 않자 과감하게 자작곡을 부르는 가수로 변신했다. 실패에서 다시 일어나라는 것은 계속 거기에만 매달리라는 것이 아니다. 어쩔 도리가 없거나 결론이 난 일은 새로운 길을 모색해야 한다. 신은 한쪽 문을 열어 놓고 다른 쪽 문을 닫는다. 이처럼 싸이에게는 가수로서의 새로운 길을 열어 놓고 있었다. 만약 싸이가 작곡가로 성공했다면 가수로 데뷔하지 않았을 것이고 국제가수가 되지 못했을 것이다.

닫힌 문을 너무 쳐다보면 열려 있는 등 뒤의 문을 보지 못한다.

버리고 더 나은 방향을 찾아나갈 수 있어야 한다. 버리고 떠난다는 것은 포기하는 것이 아니라 움직이는 것이며 꿈을 실현하기 위한 방향 전환이다. 버려야 채울 수 있다. 버리고 비우지 않고는 새것이 들어설 수 없다. 버리고 비우는 일은 적극적인 삶의 자세이며 지혜로운 삶의 선택이다. 삶의 방향키를 바꾸는 새로운 도전의 시작으로 용기이며 결단이다.

때로는 포기란 단순한 포기가 아니라 더 큰 것, 더 나은 길로 가기 위해 감수하고 희생해야 할 부분이다. 투자한 것이 아까워서, 실패를 인정하기 싫어서 과거와의 단절을 해내지 못하는 경우가 많다. 위험한 덫은 손에 잡힐 듯 말 듯 한 성공이다. 주변에선 입을 모아 조금만 더 밀어붙이면 된다고 부추긴다. 그래서 한 번 시도하고 또 시도하고 다시 시도한다. 그때쯤 성취하기가 매우 어렵다는 것이 분명해진다. 가망 없는 일은 그만둘 줄 알아야 한다.

싸이는 여러 실패를 끈기로 버텨 왔으며 〈강남스타일〉을 발표하기까지 가수로 데뷔한 지 12년이 되었지만 대마초 사건과 두 번의 군 복무로 실제로 가수 활동을 한 기간은 얼마 되지 않는다. 2010년 발매한 자신의 5집 수록곡인 〈싸군〉에서 그는 "대마 1년, 자숙 1년, 대체복무 3년, 재판 1년, 현역 2년, 합이 8년. 데뷔 10년에 활동 2년"이라 밝히며 굴곡진 자신의 인생을 축약해 노랫말을 썼다.

〈강남스타일〉이 히트하여 국제가수가 된 나이는 서른다섯 살로 아이돌이 주목받는 가요계의 현실에서 적은 나이가 아니며 보통의 가수들이 겪지 않는 실패와 시련이 있었다. 부유한 집안 형편으로 가수의 길을 접고 가업을 물려받아 안주할 수 있는 상황임에도 특유의 끈기로 창의적인 노래와 춤을 선보이면서 국제가수가 되었다.

싸이에게 있어서 끈기는 성공의 중요한 요소이며 중심적인 힘이다. 끈기는 지루하고 고된 일을 참고 견뎌내게 해주며, 인생의 여정에서 한 단계 한 단계 앞으로 나아가게 해준다. 끈기는 성공의 비결이다. 승리는 끈기 있는 사람에게 주어지는 신의 선물이다.

끈기가 없거나 실패하는 사람이 통상적으로 "이 분야는 나랑 안 맞아", "아무리 노력해도 결과가 안 좋았어", "재미가 없어"라고 말한다. '작심삼일作心三日'을 해서는 안 된다. 포기할 이유를 찾는 건 너무나 쉽다. 어려움에 처했을 때 '스톱'이라는 버튼을 누르지 마라. 끈기를 가지고 꾸준히 추진해야 한다.

끈기는 삶에 진정한 향기를 불어넣는 희망의 기반이다. 무수한 장애를 헤쳐 나가는 것은 인간정신의 위대한 성취이다. 끈기는 어려운 일을 수행하게 하며 장애를 헤쳐 나가게 한다. 세상에 쉬운 일은 없으므로 낙숫물이 바위를 뚫듯이 올바른 일을 계속해 나가면 반드시 이루어진다.

산다는 건 시간을 기다리고 견디는 일이다. 신은 인간을 채찍으로 길들이지 않고 시간으로 길들인다. 반개한 꽃봉오리를 억지로 피우려고 화덕을 들이대고 손으로 벌려도 소용이 없다. 기다림의 순리를 따라야 한다. 때를 기다려야 마침내 만개한 꽃봉오리를 볼 수 있다. 위대한 성공은 결코 갑자기 이루어지거나 우연히 이루어지지 않는다. 싸이도 준비하고 노력하면서 때를 기다린 끝에 국제가수라는 위대한 성공을 이룬 것이다.

꽃이 저마다 피는 계절이 있듯이 인생을 너무 조급해할 필요는 없다. 기다림 끝에 계절이 오고 감춰진 것을 무르익게 한다. 수확을 하려면 씨를 심고 희망을 가지고 기다려야 한다. 기다릴만한 가치가 있는 좋은 열매는 천천히 익는 법이다. 준비하고 노력하면서 자신이 활짝 필 날을 기다려야 한다. 인생은 기다리고 또 기다리는 일이다. 기다리는 일에 익숙해야 한다.

싸이가 끈기를 가지고 가수 활동을 이어가지 않고 아이돌 스타들이 득세하는 가요계에서 30대 중반이 되었으니 이제는 가업을 이어받아야겠다고 마음먹고 그렇게 했다면 월드 스타로서의 국제가수는 될 수 없었을 것이다.

기다리는 것도 일이다. 일이란 꼭 눈에 띄게 움직이는 것만이 아니다. 위대한 업적은 단번에 성취할 수 있는 것이 아니다. 최상의 진보는 늦은 속도로 진행된다. 길고 긴 시간을 거쳐야만 사물의 중심에 도달한다. 기다림을 통해 자신의 주인이 되어야 사물도 타인도 다스린다. 성급함에 밀리지 않고 정열을 잠재울 줄 알아야 한다. 기다려 보는 시간 속에 전부가 있을 수 있다. 기다림의 마음과 힘이 기적과 신화를 창조한다. 기다릴 줄 아는 것은 위대한 성공의 비결이다.

인생행로는 한 발 한 발 걸어가며 발전하는 것이다. 꾸준함을 이길 그 어떤 재주도 없다. 사람은 누구나 한 번에 한 걸음씩만 내딛을 수 있다. 한 걸음 한 걸음이 모여 천리 길이 된다. 인생은 속도가 아니라 방향이다. 방향을 잘 정하고 끝까지 포기하지 않고 꾸준히 가면 이루어진다.

싸이는 인내했다. 가수가 되기 위해 자존심을 억누르며 인내했다. 미국에서 불법 복제 CD를 팔아야 했고 가수로서 어울리지 않는 용모로 처음 데뷔했을 때 저건 누구냐가 아니라 "저건 뭐냐?"라는 소리를 들어야 했고, TV 출연을 위해 방송국 PD 사무실에 무턱대고 찾아가서 노래와 춤을 추어 끌려 나갈 순간을 맞이하면서까지 노래하고 춤을 추면서 자신을 알렸다.

자존심을 버려야 할 만큼 절실한 형편이 아니며 단단한 가업을 이어받아 자존심을 내세우며 할 수 있는 일이 있음에도 자존심을 죽여 가며 인내하면서 가수의 길을 걸어왔다. 남들이 부러워할 보장된 길이 있음에도 하고 싶은 일, 잘할 수 있는 일로 성공하기 위해 인내로 버티고 노력하여 국제가수가 된 것이다.

인내는 정신의 숨겨진 보배다. 인내할 수 있는 사람이 현명한 사람이다. 참고 견디는 힘이 없다면 명성을 얻을 수 없으며 인생의 승리자가 될 수 없다. 안 된다고 생각해 포기하지 않고 시도하는 사람이 승리자이다. 성공이란 남들이 끈을 놓아버린 뒤에도 계속 매달려 있는 사람에게 돌아가는 대가이다.

인내는 대담하고 용감무쌍하며 두려움을 모른다. 인내에는 중도 포기나 우유부단이 있을 수 없다. 진정으로 바라는 사람은 이룰 때까지 한다. 안 된다고 좌절하는 것이 아니라, 방법을 달리한다. 방법을 달리해도 안 될 때는 그 원인을 분석한다. 분석해도 안될 때는 연구한다.

실패는 실패할 때 끝나는 것이 아니라 포기할 때 끝나는 것이다. 중도 포기할 만큼 힘든 상황에서 조금만 더 버텨라. 대부분의 실패는 스스로 한계라고 느끼고 포기했을 때 찾아온다. 스스로 한계를 만들지 마라. 마음의 관념인 한계를 지나면 쉬워질 수도, 성사될 수도 있다. 마지막이라고 느껴질 때 인내를 발휘해라. 인내는 불가능함을 가능하게, 가능함을 유망하게, 유망함을 확실하게 만든다. 인내를 가지고 원하는 목표를 향해 노력을 계속해라.

대마초 구속과
두 번 군복무를 딛고

싸이는 성공하기까지 자신만의 스토리를 가지고 있다. '넘어져도 다시 일어난다' 는 포기하지 않는 정신을 대변하는 스토리의 주인공이다. 일반적으로 시련이 있고 안주할 수 있는 다른 길이 있으면 시련을 벗어나 안주를 택한다. 싸이는 견디기 힘든 시련을 겪었을 때에도 안정적인 가업을 물려받을 수 있음에도 불구하고 자신의 꿈을 포기하지 않고 추구하였다.

한창 활발한 가수 활동을 펼치던 싸이에게 두 번의 커다란 시련이 있었다. 2001년 11월 대마초 흡연으로 구속되어 벌금 500만원을 물고 풀려났다. 하지만 방송 출연이 정지되고 자숙 기간이 이어지면서 그는 콘서트로 음악 활동을 이어갔다.

그 후 특유의 긍정적인 생각으로 이를 극복하고 활발한 가수 활동을 펼쳐 나가다가 병역을 대체복무로 마쳤으나 복무 중에 틈틈이 공연을 했다는 이유로 1년여의 재판 끝에 다시 현역복무를 위해 2007년 12월 재입소해야 했다.

싸이는 이 두 번의 시련에 대해 "파란만장했어요. 끝없는 암흑이었으며 여기가 바닥이라고 생각했습니다. 사람이 살다가 넘어질 수 있잖아요. 넘어져서 까지기도 하고… 이런 풍파를 겪고 보니 울 시간이 없을 정도로 너무나 고통스러웠습니다."

싸이는 〈강남스타일〉이 성공한 후 2012년 8월 게릴라 콘서트에서 마지막 앙코르 곡을 부르기 전에 현장의 모든 사람들에게 "지치면 지는 겁니다, 미쳐야 이기는 겁니다!"라고 소리쳤다. 이 말은 많은 사람들에게 또 다른 울림으로 들려왔다.

음악이 미칠 정도로 좋아 부모의 기대를 저버리고 가수의 길을 걸었고 자신의 선택을 인정받기 위해 미치도록 노력했다. 여러 시련으로 지칠 법한데도 지쳐 쓰러지지 않고 미친놈 소리를 들으며 국제가수가 되었다. 싸이에게 있어 〈강남스타일〉은 온갖 시련을 극복한 뒤에 꽃핀 아름다운 결실이다

인생은 평화와 행복만이 아니라 온갖 시련이 점철된다. 인생은 예측불허다. 인생을 살아가다 보면 뜻밖의 일들을 많이 겪게 된

다. 바다의 파도처럼 인생의 시련은 무시로 다가온다. 음지는 없고 양지만 있는 삶, 슬픔은 없고 행복만 있는 삶, 시련은 없고 즐거움만 있는 삶은 인간의 삶이 아니다. 삶에 절대적인 안정은 없다. 시련은 특별한 상황이 아니라 상수다. 아무리 조심해도 시련은 불청객처럼 찾아온다. 인생의 희망은 시련이라는 언덕길 너머에서 기다리고 있다.

인생의 목적은 끊임없는 전진이다. 앞에는 언덕이 있고, 냇물이 있고, 진흙도 있다. 먼 곳으로 항해하는 배가 풍파를 만나지 않고 조용히 갈 수는 없다. 항해를 하면서 바다가 늘 잔잔하기만을 기대한다면 착각이다. 하늘에 항상 무지개만 뜨지 않듯이 인생에는 풍파가 있기 마련이다. 풍파는 전진하는 자의 벗이다.

시련을 통해 자신의 진정한 모습과 깨달음의 빛을 만나야 한다. 시련을 당했을 때 이렇게 생각해라. 신은 큰일을 하려는 사람에게 먼저 시련을 경험하게 한다. 신은 자신이 인정하고 사랑하는 사람에게 시련을 주어 단련시키고 시험하고 훈련시킨다. 하늘이 장차 큰 사명을 주려할 때는 먼저 시련을 주어 인내로써 담금질하여 하늘의 사명을 감당할 만하도록 역량을 키우기 위함이다.

신은 감당할 만한 정도의 시련을 안긴다. 시련은 능력을 시험하기 위해 주어진 것이다. 시련은 약한 것에 강하게 되고 두려운 것에 용감하게 맞서고 지혜로 혼란을 극복하라고 가르친다. 시련을 없게 하는 것이 아니라 극복할 의지를 달라고 기도해라.

싸이는 혹독한 시련을 겪는 과정에서 많은 것을 느꼈고 이를 극복했기 때문에 오늘날 월드 스타라는 위대한 성공을 이루었다. 가치 있는 것들은 시련이라는 포장지로 싸여있다. 진정 아름답고 달콤한 열매는 시련 뒤에 따르는 것이다. 꽃과 열매는 비바람, 천둥, 벼락, 무서리, 땡볕의 시련을 견디고 인고 끝에 맺은 결실이다.

추운 겨울을 보낸 봄 나무들이 더 아름다운 꽃을 피우듯이 시련을 경험하지 않은 사람은 크게 성장할 수 없고, 눈앞에 다가온 행운도 잡지 못한다. 시련에 당당히 맞설 때 행운이 따라온다. 시련에 직면했을 때 의연한 자세로 빛을 발하고 향기를 내뿜어야 한다.

시련은 성장의 기회다. 시련은 삶을 흔들면서 현 상태에 머무르지 못하게 한다. 시련은 고통을 주지만 고통을 벗어나기 위해 몸부림치게 한다. 시련은 잠자던 용기와 지혜와 잠재력을 일깨우고 감춰져 있던 재능을 발현시킨다. 통찰력이 생기고 일에 대한 영감이 떠오르게 한다. 절실해야 지혜가 발휘되고 간절한 힘이 나온다.

인생이 시련에 직면했을 때 극심한 고통의 나락으로 떨어지기도 하지만 한편으로는 내면에 있는 강력한 힘이 드러난다. 시련을 극복하기 위해 여러 방법을 모색하고 시도한다. 과거와 미래에 매여 있지 않고 지금 무언가를 해야 하게 하며 새로운 길을 향해 나아가게 한다. 간절함이 무언가를 이루게 하는 것이다.

싸이가 대마초 흡연으로 구속되어 있는 경찰서로 부모가 찾아왔다. 아버지는 악수를 하면서 "이참에 담배나 끊어"라고 했고 어머니는 "이럴 줄 알았어요" 하고 가버렸다. 어린 나이에 구속되어 있는 싸이는 정말 무서웠고 부모 얼굴보고 무너질 수 있는 상황이었지만 '이제 부모님이 나를 보호해 줄 나이는 지났구나' 하고 생각하면서 오히려 강해졌다.

시련은 사람을 강하게 만드는 도구다. 시련은 단련의 기회다. 짓밟힘을 당하고 윤이 나는 자갈이 되는 것과 같다. 시련을 통해 더욱 강해지고 비전이 더욱 분명하게 되면서 목표가 이루어진다. 쉽고 편안한 환경에선 강한 인간이 만들어지지 않는다. 시련을 통해서만 강한 영혼이 탄생한다. 시련은 두려워하고 피해야 할 대상이 아니라, 담대하게 마주해야 할 귀중한 선물이다. 시련과 직면하여 극복해라.

시련은 사람의 진가를 알 수 있는 시금석이다. 시련에 초조와 불안에 휩싸여 허둥대지 마라. 담대한 낙관주의와 긍정적 사고로 기회로 반전시켜라. 시련을 기회로 보는 긍정적이고 적극적인 태도를 가져라. 시련을 두려워하지 말고 기회로 삼아라.

싸이에게 있어서 가수로서 성공할 희망이 없었다면 젊은 나이에 견디기 힘든 시련을 견딜 수 있었을까? 싸이는 시련을 겪으면서도 가수로 성공하겠다는 희망을 가지고 있었기에 시련을 견디고 극복할 수 있었고, 가업을 이어받아 안주할 수 있는 다른 길로 가지 않았다. 인생에 있어서 희망은 중요하다.

인생에서 시련을 겪으면 때로는 쓰러지고 싶고, 포기하고 싶고, 자신을 버리고 싶을 때도 있을 것이다. 삶의 막장에서 고통과 절망으로 울부짖을 때가 있을 것이다. 막장이 더 내려갈 수 없는 곳임을 깨닫는 순간, 남은 것은 희망뿐임을 깨달아야 한다. 막장에서도 삶은 계속되며 이제 희망만 있다.

칠흑같이 컴컴한 방이 있다. 스위치 하나만 찰칵! 올려준다면 환하게 빛난다. 사람의 마음도 똑같다. 인생에서 부닥치는 무수한 절망과 포기하고 싶은 순간들. 바로 그 순간 희망의 스위치를 찰칵! 올려라.

희망의 줄을 놓으면 한 순간에 무너진다. 절망이 희망을 점령하게 해서는 안 된다. 절망의 끝자락에 붙어있는 것이 희망이다. 살면서 부딪치는 절망이라는 암벽을 담쟁이가 타고 오르듯이 희망이 절망을 정복해야 한다. 절망의 나락에 떨어지지 말고 희망의 밧줄을 놓치지 마라.

희망의 밧줄은 언제나 아주 가까운 곳에 있다. 희망이 없다고 생각하면 보이지 않고 있다고 믿으면 보인다. 내일 일은 모르지만 희망을 품고 가는 사람과 절망을 품고 가는 사람의 차이는 삶과 죽음의 차이다. 좋은 일이 생길 것임을 믿어라. 희망을 생각하고 말해라.

희망은 늘 괴로운 언덕길 너머에 기다리고 있다. 세상에 희망만 한 명약은 없다. 내일은 더 나아질 것이라는 기대보다 약효가 강한 자극제는 없다. 지금의 고통이 언젠가는 사라지리라는 희망, 누군가 어둠 속에서 손을 뻗어 주리라는 희망, 내일은 내게 빛과 생명이 주어지리라는 희망, 그런 희망이 있어야 투혼도 빛난다.

희망은 고통을 극복하고 삶을 변화시킨다. 절망적인 상황에서 버틸 수 있게 하는 힘은 바로 희망이다. 희망은 어둡고 험한 세상에서 빛으로 이끄는 큰 힘이다.

신이 인간에게 준 중요한 축복은 희망이다. 반짝이는 별을 보기 위해 어두운 밤하늘을 보라. 그 때 별만 찾지 말고 절망 속에서도 피어나는 희망을 찾아라. 몸은 심장이 멈출 때 죽지만 영혼은 희망을 잃을 때 죽는다. 희망의 빛을 보고도 눈을 감는 것은 자살 행위이다. 희망을 갖지 않는 것은 어리석으며, 버리는 것은 죄악이다. 환경을 탓하지 말고 희망을 가지지 않은 것을 부끄러워해라.

세월은 이마를 주름지게 하지만 절망은 영혼을 주름지게 한다. 희망의 상실을 보상할 수 있는 것은 아무 것도 없다. 희망이 사라졌는데, 어떻게 행복할 수 있을까? 희망은 세상을 계속 움직이게 하는 정신적 엔진이다. 수확할 희망이 없다면 농부는 씨를 뿌리지 않으며 이익을 거둘 희망이 없다면 상인은 장사를 하지 않는다. 좋은 희망을 품는 것이 바로 그것을 이룰 수 있는 지름길이다.

희망은 삶의 근거이고 원리이다. 인간은 끊임없이 희망을 품고 살아가는 존재다. 희망은 마음에 꽃을 피게 하고 삶을 지배한다. 희망은 현재를 결정하는 연결고리이며 혁신하는 원동력이다. 희망은 아직 성취되지 않은 미래에 대한 소망이지만 이루려고 노력하기 때문이다.

희망이 무엇이냐에 따라 현재의 삶이 정해진다. 좋은 일이 생길 것이라고 믿어야 그렇게 되듯이, 희망을 그리는 사람은 마침내 그 희망을 닮아간다. 싸이도 절망적인 상황에서 가수로서 성공하겠다는 희망을 마음속에 품고 전진했기에 국제가수로 성공한 것이다.

희망이 잠재적 능력을 발휘하게 하고 기회를 맞이하게 한다. 희망을 품고 도전하는 사람은 인생의 승자가 될 수 있다. 희망을 이루어가는 과정에서 기쁨과 좌절을 경험한다. 삶의 요소요소마다 행운과 불행은 잠복해 있기 마련이다. 희망은 시련을 견디게 해주며 인내와 용기를 발휘하게 한다. 절망의 순간에 희망이 없는 삶은 바로 죽음과 같은 삶이다.

싸이는 시련의 상황에서 용기를 발휘했다. 대마초 흡연 사건 후 벌금을 물고 풀려난 후 방송 출연이 정지되고 자숙 기간을 보내고 있는 상황에서 2002년 월드컵 응원을 위해 시청 앞 광장에서 태극기를 몸에 두르고 호루라기를 불면서 응원에 앞장섰다. 보통의 연예인 같으면 대중들 앞에 감히 나서지 못했을 것이다. 군 문제로 현역 입대를 하고 난 이후에도 용기를 발휘하여 제대할 때까지 군 위문공연을 펼쳐 열렬한 환호를 받았다

용기는 인간의 영혼을 이루는 요소 중에서 고귀한 부분이다. 신은 대담한 자의 편에 선다. 용기가 있는 곳에 승리가 있다. 할 수 있거나 꿈꾸는 일이 있으면 추진해라. 대담한 용기 속에 재능이 발휘되는 신비함이 있다.

인간은 양면을 지니고 있다. 삶을 살아가면서 맞이하는 여러 상황에 대하여 두려움을 느끼면서도 용감하게 맞서고자 하는 용기도 함께 자리하고 있다. 용기는 두려움이 없는 게 아니고, 공포를 모르는 게 아니다. 두려움을 극복하고 공포를 억누르면서 행동하는 것이다.

용기는 말이 아니라 행동으로 보이는 것이다. 용기를 가지고 일하면 일을 가치 있게 해낼 수 있고 성장할 수 있다. 용기는 빠르고, 강력하며, 공세적인 행동을 취하는 것이다. 용기는 허세나 오만이나 광기와 다르다. 용감한 자는 자신이 옳다고 믿는 것을 실

천하며, 그 결과를 의연하게 감수해낸다.

삶이란 어떤 일이 생기느냐에 따라 결정되는 것이 아니라 그러한 상황에서 어떤 태도를 취하느냐에 따라 결정된다. 시련을 당하거나, 실패했을 때 용기를 가지고 의지를 행동으로 옮겨야 한다.

용기는 시련이나 실패, 위기나 변화에 봉착했을 때 솟구치는 에너지이며, 좌절하거나 흔들리지 않는 온전한 의지이다. 의지가 곧은 사람은 단단한 버팀목인 용기에 의지한다.

용기가 없으면 시련이나 실패를 당했을 때 당황하고 겁을 먹는다. 용기를 갖춘 사람은 그 의연함에 주변 사람도 안정을 찾는다. 그 사람이 얼마나 의지가 강한가는 시련 속에서 얼마나 용기를 발휘하느냐의 여부에 달려있다. 시련이라는 절체절명의 상황을 극복하기 위해서 때로는 대담무쌍함이 요구되는데 이 때 반드시 필요한 것이 용기이다.

시련의 상황이 힘들다고 좌절해서는 안 된다. 시련의 상황에서 용기 있게 맞선다고 해서 시련 극복이 보장되는 건 아니지만 두려움에 굴복하여 용기를 발휘하지 못한다면 확실하게 시련의 나락으로 떨어지는 것을 보장받는다.

시련이 닥쳤을 때에는 두려움을 떨치고 용감하게 맞서야 한다. 용기를 발휘하여 시련과 지독하게 싸워야 한다. 두려워하지 말고 용기를 가지고 늠름하게 앞으로 나아가야 한다.

용기는 새로운 행동을 하는 것이다. 용기는 실천을 통해 길러질 수 있는 덕목이다. 목표를 명확히 세우고, 구체적인 계획을 잡고, 자신이 할 수 있는 것 중에서 가장 중요한 것을 선택하여 과감히 그것을 실천하는 것이 용기를 발휘하는 출발점이다. 첫발을 내딛는 자체가 다음 발걸음의 동기를 부여하고, 다시 두 번째 발걸음이 세 번째를 부른다. 용기 발휘의 요체는 첫 발을 내딛는데 있다.

용기는 하나의 습관이다. 두려움을 깨뜨리고 용기를 기르는 습관을 가져야 한다. 용감하게 행동함으로써 용기를 키울 수 있다. 최선의 방법을 찾아 용기를 가지고 행동에 옮겨라.

웃으며 다시 일어섰다

"대마초 사건 이후 2002년 6월 한일 월드컵 때에 온 국민이 생업을 마다하고 응원 할 때 였어요. 때문에 그 당시 저의 생업이었던 자숙을 마다하고 서울 시청 앞 광장에서 붉은 악마와 응원하고 있었는데 TV 뉴스에서 생방송으로 응원 열기가 한창인 시청 앞 취재를 했어요. 취재 현장에 나온 아나운서가 제가 방송 출연 정지 중인 것을 모르고 '싸이씨' 하면서 응원 메시지 인터뷰를 요청했어요. 태극기를 온몸에 두르고 호루라기를 불면서 응원하던 제가 인터뷰에 응했지요. TV 방송국 본사에서는 방송 출연 정지 중인 제 인터뷰에 난리가 났지만 어쨌든 응원 인터뷰 출연 직후 자연스럽게 방송 정지가 풀리고 방송 활동이 재개 되었습니다."

응원을 온 많은 사람들이 인터뷰하는 싸이를 보고 응원 공연 요청을 하여 1시간 반 동안 열심히 신나게 공연을 했다. 보통 연예인 같으면 사회적으로 물의를 일으킨 사건 직후에 대중들 앞에 감히 나오기 어려웠을 것이다. 싸이는 이에 아랑곳없이 과감하게 대중들 앞에 나와서 재기의 발판을 마련한 것이다.

싸이는 활발한 가수 활동을 하던 중에 병역 의무를 대체복무로 마쳤지만 틈틈이 공연을 한 것이 말썽이 나서 1년여의 재판 끝에 또 다시 2007년 12월 17일 훈련소에 재입소하여 현역으로 복무하게 되었다. 공교롭게도 10월 1일 국군의 날에 태어난 쌍둥이 두 딸은 100일도 채 안 되었다.

2007년 12월 31일은 싸이의 생일로 만 서른 살이 되는 날이었다. 싸이는 '만 서른이 넘으면 공익근무로 편입되어 집에서 출퇴근하면서 군 복무를 할 수 있는데…. 저녁에는 아내와 아이를 돌보면서 가장 역할을 할 수 있는데…. 재입소 해야 할 날짜로부터 14일만 버티면 되는데…. 입대하기 2일 전에 어디 가서 건장해 보이는 사람에게 시비를 걸어 폭행을 당해 전치 3주 정도 부상을 당한다면…. 3주 정도 나오면 시고인데 누가 뭐라고 할까?' 하는 편법을 동원하고 싶은 생각까지 들었다. 아내에게 이 전략을 알리자 아내는 "싸이인데 정말 후지다"라고 말했다. 그 말을 들은 싸이는 현역으로 입대할 용기를 얻고 훈련소에 입대할 수 있었다.

만약 싸이가 편법을 써서 현역 복무를 피하고 공익근무를 했더라면 엄청난 사회적인 지탄을 받아 가수 활동을 하기가 힘들었을 것이며 재기는커녕 무대조차 설 수 없었을 것이다. 싸이는 자신의 두 번의 군 복무에 대해 자랑스러워하듯이 웃으면서 이렇게 말한다.

"군 복무를 두 번했어요. 한 번은 대체복무이고 두 번째는 현역복무입니다. 훈련소에도 두 번 입소해야 했어요. 훈련소를 퇴소하면서 군번을 받는데 군번이 두 개입니다. 대체복무 군번, 현역복무 군번이죠. 대체복무 때는 2005년에 훈련소에서 4주 훈련을 했고, 현역복무 때는 2007년에 6주 훈련을 받았어요. 쌍둥이 딸은 국군의 날인 2007년 10월1일 태어났어요. 나와 군대는 인연이 깊은 것 같아요."

훈련소에 입소하자마자 31살 가수 싸이에다 두 번이나 입소한 것을 알고 있는 조교와 훈련병들은 싸이에 대해 불편해 했다. 싸이는 불만 가득한 표정으로 분노의 눈물을 흘렸다. 조교와 훈련병들은 싸이의 이름도 부르지 못하고 훈련병 번호를 불렀다.

저녁식사 시간 제육볶음이 나왔다. 식판에다 제육볶음을 받으며 초점 잃은 눈으로 "제육 좀 더 주세요" 하고 말했다. 그런 상황에서 보통 사람이라면 밥맛이 없을 수도 있는데 제육이 밥에 비해 좀 모자랄 것 같아서였다. 분노와 슬픔보다 더 깊은 현실적인 제육볶음이었다. 제육볶음이 맛이 있었다. 식판을 들고 다시 제육볶음을 받으러 갔다. 사람들이 그때 싸이를 보고 무서워했다. 제육볶음을 더 받아서 먹었다. 훈련소 내무반에서 아내와 딸들 얼굴이 스쳐가고 4분 정도 지나서 깨니까 아침이었다.

부대에 배치를 받은 싸이는 10살이나 적은 병사들과 어떻게 2년을 보내나 생각하다가 고등학교 때를 생각하고 괴리감을 없애기 위해 '저 안으로 들어가자' 하고 각오했다. 그는 때로는 한참이나 어린 선임병사들과 어울리면서 함께 동화되어 생활했다. 지금도 이때의 병사들과 만남을 계속하고 있다.

현역 복무 중이던 2008년 건군 60주년 행사가 있었는데 현역병 신분으로 첫 군 위문 공연에 나서게 되었다. 평소 공연을 하면서 절대로 떨지 않는 싸이였지만 너무나 떨렸다. 대체복무 기간 중에 슬쩍슬쩍 공연을 한 이유로 현역복무로 다시 군대로 오게 된 자신을 군인들이 외면하면 어쩌나 싶어서 너무나 긴장하고 두렵기까지 했다. 군인들이 외면하거나 야유라도 보내면 다시는 무대에 못 설 것 같았다. 자신이 그렇게 바라는 가수의 꿈을 접어야 할지도 모른다는 생각이 순간적으로 들었다.

싸이가 무대에 올라갔다. 올라가자마자 모두 다 열광했다. 너무나 기뻤다. 위문공연 자체가 자신에 대한 위로이자 위문이었다. 그 후 제대할 때까지 100회에 달하는 공연을 했다. 군 문제 때문에 안 좋은 이유로 입대하여 웃으며 제대했다.

싸이는 제대 후에도, 〈강남스타일〉이 성공하여 월드 스타로서 국제가수가 된 이후에도 군 위문공연을 펼쳤다 그는 군 위문공연 시에는 앙코르가 온 경우에 부대장을 향해 "전투 휴무를 주시면 앙코르를 받아들이고 전투처럼 놀겠습니다"라고 하여 부대원들이 휴무를 가질 수 있도록 배려하고 출연료는 회식비로 기부한다.

싸이는 군 복무를 두 번 한 것에 대해 "같은 상황이 천 번 와도 천 번 다 후회 없어요. 대체복무와 현역복무를 합쳐 55개월이니 햇수로 4년 7개월 복무했어요. 2001년 데뷔하여 〈강남스타일〉이 히트하기까지 12년이 걸렸는데 절반 가까이 군인이었던 셈이죠. 거기다가 1년동안 군 관련 송사에다 기타 자숙기간을 빼면 실제로 가수로서 활동한 기간은 3년 정도예요. 어떤 상황에서도 긍정적일 수 있는 큰 재능을 주신 부모님께 정말 감사드립니다" 하면서 긍정적으로 생각하고 있다.

싸이는 특유의 낙천적 성격으로 위축되지 않고 2010년 발매된 5집 앨범에 수록된 〈싸군〉 가사에는 '대마 떼다 빵 가도 싸군 훈련소만 두 번 가도 싸군' 이라며 자신의 상처를 희화화시키기도 했다. 여기에서 '싸군' 이라는 단어는 싸이인 자신을 가리키면서 당하는 것이 당연하다는 뜻을 함께 내포한 창의적인 단어이다.

싸이는 시련의 기간을 긍정적인 생각으로 현실에 적응하면서 보낸 것이 가수 활동을 재개할 수 있는 원동력이 된 것이다. 웃으며 다시 일어서는 사람만이 꿈을 이룰 수 있다. 싸이는 웃으며 다시 일어나서 자신의 꿈인 가수로서 대성공을 거두었다. 싸이는 시련에서 긍정적인 사고로 현실에 적응하는 능력을 길렀다.

인생에는 항상 두 가지 측면이 있다. 삶에서 '즐거움을 끄집어내느냐, 고통을 끄집어내느냐' 이다. 마음이란 밭 속에는 아주 많은 씨앗이 있다. 기쁨, 사랑, 즐거움 같은 긍정적인 씨앗이 있는가 하면 짜증, 우울, 절망 같은 부정적인 씨앗도 있다. '긍정적이냐, 부정적이냐'를 선택함에 따라 인생이 달라진다.

긍정적 사고는 모든 일을 황금빛으로 물들이는 태양과 같다. 긍정적 사고는 힘든 일을 즐거운 마음으로 하게 한다. 부정적 사고는 삶의 에너지를 빨아들이는 흡혈귀와 같아서 마음을 딱딱하게 하여 상황에 부딪히면 고통과 갈등을 겪는다. 부정적인 씨앗이 아닌 긍정적인 씨앗에 물을 주어라.

긍정은 단순한 선택의 문제가 아니다. 긍정은 무의식을 지배하는 적극적인 행위다. 긍정의 습관화는 한 순간에 이뤄지지 않는다. 긍정은 천성이 아니라 후천의 의식적인 행동이다. 긍정은 마이너스 사고에서 플러스 사고로의 전환을 의미한다. 긍정의 DNA를 각인시켜 긍정의 의식화를 실현해라.

부정적인 사람은 부정적인 근육을 단련하나 긍정적인 사람은 긍정적인 근육을 단련해서 습관으로 만든다. 어떤 상황에서도 감사하는 마음가짐이 바로 긍정적인 근육이다. 어떤 근육을 강하게 만들지는 자신의 선택에 달려있다. 매일 매일 긍정적 상상으로 시작하는 아주 작은 습관이 비범한 인생을 열어준다. '오늘은 왠지 큰 행운이 나에게 있을 것이다', '나는 뭐든지 할 수 있어' 라고 상상해라. 긍정적인 사고를 하는 습관이 몸에 배게 해라.

어떤 일을 대할 때 이건 안 된다고 생각하는 것과 된다고 생각하는 것 사이에는 엄청난 차이가 있다. 주어진 상황을 긍정적으로 보아야 긍정적 결과가 나온다. 일을 시작하면 잘 될 것이라고 낙관해야 잘 될 수 있다. 긍정적 사고는 낙관적 기대로 의욕과 활기를 불어넣는 삶의 추진기이지만 부정적 사고는 비관적 기대로 삶의 폭과 속도를 감소시키는 삶의 제동기이다.

진정으로 긍정적인 사람은 문제를 인식해도 해결책을 찾아내고, 어려움을 당해도 극복할 수 있다고 믿고, 최악의 경우에도 최선의 결과를 기대하고, 불평할 상황에도 미소 짓기로 마음먹는다. 일의 과정에서 난관에 부딪쳤을 때 '안해', '못해' 가 아니라 '할 수 있다' 는 생각이 전혀 다른 결과를 가져온다. 힘든 상황이 오더라도 잘 되기 위한 과정으로 받아들여야 결국에 성공을 안겨줄 것이다. '할 수 있다' 는 긍정적 생각을 하고 해낼 수 있는 실력을 키워야 한다.

싸이는 긍정적인 사고로 가수로서의 재능을 키워나갔으며 열정을 불사르면서 자신이 가수로서 성공할 수 있을 것이라는 믿음을 가지고 있었다. 믿음은 사람의 몸과 마음과 혼의 강력한 생명 에너지이다. 성공의 큰 적은 의심과 두려움이다. 믿음이 있으면 어떤 상황에서도 잠재적 가능성을 찾아내고 기회를 맞이하고 새로운 길을 연다. 믿음이 있는 사람은 일을 붙잡고 늘어진다. 성공은 강하거나 빠른 사람보다 믿는 사람에게 안겨진다. 위대한 일은 믿음 없이 성취되지 않는다.

잠재의식에 따라 성공을 생각하는 사람은 성공하게 만들고, 실패를 생각하는 사람은 실패하게 만든다. 된다고 생각하면 되고, 안 된다고 생각하면 안 된다. 된다고 생각하는 사람은 될 수밖에 없는 이유를 찾는다. 안 된다고 생각하는 사람은 안 되는 이유를 열심히 찾는다. '할 수 있다' 는 믿음을 가져야 한다.

믿음은 미지의 세계 속으로 들어가 다음 순간에 다가올 것이 무엇이든 기꺼이 받아들이게 해주는 것이다. 어떤 미지의 장애물도 극복하게 하는 힘이다. 믿음이 있으면 장애물이 오히려 디딤돌로 바뀐다. 좋은 일이 생길 것이라는 믿음이 장애물을 무너뜨린다. 장애물을 디딤돌 삼아 다시 일어서게 한다. 믿음을 가지고 두려움 없이 미지의 세계를 향해 나아가라.

싸이는 어떤 상황에서든 쾌활하다. 그의 쾌활함은 가식적이지 않다. 세상의 무게나 날씨와 상관없이 현재를 경험하는 한 가지 방식이다. 쾌활한 마음자세를 가지고 있다면 삶의 밝은 면을 볼 수 있다. 먹구름이 가득 낀 하늘을 보면서도 먹구름 뒤에 빛나고 있는 햇빛이 대지를 비추리란 사실을 알고 있다.

싸이는 쾌활하다. 행동도 쾌활하고 말도 재치 있게 톡톡 튄다. 진정한 쾌활함은 자신과 주변 사람들을 행복하게 해주는 축제와 같다. 햇살이 꽃을 피어나게 하고 열매를 익게 하듯이 쾌활함은 우리 안에 좋은 씨를 심고 최고를 끌어낸다. 쾌활함은 훌륭한 도덕의 강장제이다. 쾌활함을 유지하는 한 절망하지 않는다. 쾌활함은 꽃도 되고 빛도 된다. 주변을 화사하게 만들고 밝게 해 준다. 쾌활함은 바깥에서 오는 것이 아니라 자기 안의 기쁨, 긍정적 생각, 주어진 삶에 대한 감사와 만족에서 피어난다.

현재를 즐기고
현실에 적응한다

미국에 유학 간 싸이가 부모 몰래 음악으로 진로를 바꾼 것이 들통 나자 학비 제공을 중단했을 때 불법 복제 CD 장사를 하면서까지 현실에 적응하려고 했고 특히 현역복무를 위해 군에 입대하여 10살이나 어린 병사들과 동화되어 주어진 현실에 적응하면서 명예롭게 제대했다.

싸이는 대중가수다. 대중가수는 현재 유행하는 음악 풍조를 가장 민감하게 받아들이는 현실주의자가 되어야 한다. 싸이는 현실주의자다. 현재 유행하는 음악 풍조를 받아들이고, 대중들이 요구하는 노래 스타일과 춤, 뮤직비디오를 만들고 공연을 펼치기 위한 고민과 고된 작업을 한다.

'풀 위에 앉으면 눈을 감고 풀이 돼라. 풀처럼 돼라. 자신이 풀이라고 느끼라.' 오쇼 라즈니쉬의 《명상 건강》에 나오는 말이다. 풀과 거리를 두지 말고 하나가 되어 완전히 몰입하라는 뜻이다.

분별 있는 사람은 적응하기 위해 노력한다. 순응하는 삶의 자세는 주어진 현실에 안주하는 삶의 자세와 다르며 '적극적 현실 적응'의 삶의 태도이다. 주어진 여건을 긍정적으로 받아들이고, 삶의 가치와 행복을 발견하면서 도전적인 요소에 최선을 다하는 자세다. 지나치게 현실에 안주하거나, 무모한 도전으로 실패의 뒤안길에 머물러서는 안 된다.

도전은 아름답다. 하지만 무모한 도전은 인생 낭비다. 현명한 사람은 운명이 거부한 것보다 부여한 것에 가치를 둔다. 불가능한 일과 싸우지 않는다. 순응하는 삶은 타성에 젖거나 변화를 거부하는 삶이 아니다. 현실에 안주하거나, 무조건적으로 도전하는 삶의 태도가 아니라, 주어진 여건을 받아들이면서 적극적으로 개선 발전해 나가려는 삶의 자세가 의미가 있다.

지혜로운 사람은 현재의 상황을 인식하면서 창조와 혁신을 꾀한다. 정신과 육체뿐 아니라 지식 습득, 운동조차도 유행에 따른다. 구태의연한 생각을 버리고 현재의 흐름과 유행에 따라야 한다. '순응하는 삶의 자세'는 지금 위력을 발휘하고 있는 것을 따르고 그것을 더 완전하게 하는 것이다.

현명한 자는 운명이 거부한 것보다 부여한 것에 가치를 둔다. 어떻게 할 수 없는 일과 싸우지 마라. 거센 바람이 불 때는 옷을 챙겨 입어라. 소용돌이 한가운데에서 평온을 유지하기 위해서는 손을 놓고 누워버려야 한다. 흐름에 몸을 맡기면 헤엄을 못해도 물가에 닿게 마련이다. 소용돌이에 휩싸일 때는 물 얕고 안전한 항구로 돌아가라. 물에 빠졌을 때는 흐름에 역행하지 마라. 구태의연한 생각을 갖지 말고 현재의 흐름을 따르라,

싸이는 어떤 상황이 와도 현재를 즐기고 현재에 최선을 다한다. 지나간 일이 즐거운 일이었건 힘든 일이었건 간에 잊어버린다. 시행착오나 실패 특히 시련의 경우에는 잊으며 다가올 미래도 걱정하지 않는다.

아침마다 똑같은 하늘, 똑같은 태양의 날씨를 맞아본 일이 있는가? 어제의 날씨는 오늘의 날씨와 결코 똑같지 않다. 어제의 날씨는 이미 지나가버린 것이다. 지나간 것은 지나간 것이다. 아픔도 슬픔도 지나간 것은 끝난 것이다.

망각은 거울에서 먼지를 말끔히 털어내는 것과 같다. 망각은 인생의 아름다운 지우개이다. 망각이라는 지우개로 죽은 과거와 상처와 허물을 지우면 새로운 사랑과 희망의 싹이 다시 돋아난다.

망각보다 더 심한 복수는 없다. 망각은 무의 티끌 속에 모든 것을
묻어버린다.

가장 빨리 잊어야 할 일을 가장 잘 기억한다. 기억은 필요로 할
때 버리고, 필요치 않을 때에 달려온다. 기억은 고통에는 자상함
을 보이며 기쁨에는 태만하다. 받은 상처와 남의 허물은 기억하지
만 받은 도움은 잊어버린다. 잘못을 시정하기 위해, 실패를 되풀
이하지 않기 위해, 받은 은혜에 감사하고 보답하기 위한 경우를
제외하고는 과거를 되돌아보아서는 아무런 이득도 얻을 수 없다.
과거를 그리워하거나 원망하지 말고 잊어라.

바람에 몰려가는 구름과 같이 과거는 이미 지나가 버린 것이다.
과거의 어느 것도 바꿀 수는 없다. 과거는 다시 오지 않으며 기억
해 낼 때만 존재하는 것이다. 과거의 영향은 과거가 아니라 기억
해 내는 지금 현재이다. 과거가 현재를 가두는 감옥이어서는 안
된다. 과거를 '좋은 기억'과 '나쁜 기억'으로 나누지 마라. 지난
일은 지난 일일 뿐이라고 훌훌 털어버리고 항상 새로운 마음으로
살아나가야 한다.

인생의 여정에서 과거에 집착해서는 안 된다. 과거는 잊어라.
과거에 집착하는 한 새로운 것이 들어설 자리는 없다. 지나간 과
거가 앞으로 갈 길의 반면교사는 되겠지만, 과거에 매달려 있는
한 내일을 향한 추진력을 얻을 수 없다. 최선을 다해서 현재를 살

아가야 한다. 지난 일은 지난 일일뿐이라고 훌훌 털어버리고 항상
새로운 마음으로 살아가야 한다.

마음속으로 과거의 어두운 면을 바라보면서 불행하고 실망스러
웠던 일을 계속 곱씹는 것은 앞으로도 비슷한 불행과 실망이 찾아
와달라고 기도하는 것이다. 과거를 돌아보며 지난날의 어려움에
집중하면, 지금 자신에게 어려움이 더 많이 찾아오게 될 뿐이다.

과거의 실수나 잘못에 발목이 잡혀서는 안 된다. 지난 일에 대
해 누군가를 탓하거나 앙심을 품으면 스스로 다칠 뿐이다. 지나간
일을 가리키면서 "그것 때문에 자기가 이렇게 됐다"고 말하지 마
라. 마음의 껍질을 벗어야 한다. 지나간 일을 던져버려라. 자신을
과거에서 놓아주라. 놓아줌은 자신에 대한 사랑이며 자신의 인생
에 자유를 주는 것이다. 어떤 일이 있었던지 다 놓아버려라. 자신
을 위해 놓아버려라.

과거에 아무리 커다란 성공을 하였건 실패를 하였건 중요하지
않다. 지나간 영광이나 후회, 오래된 죄책감, 해묵은 원망을 되씹
으면 현재의 문은 열리지 않는다. 과거를 붙잡고 과거에 얽매여
상처받고 아프지 마라. 묵은 수렁에 갇혀 새날을 등지지 마라. 과
거의 일로 후회하지 마라. 미래의 문제로 근심하지 마라.

삶이란 끊임없이 새로워지는 것이다. '지금 뭘 하려고 하며 할
수 있는가?' 에 집중해야 원하는 일이 다가오기 마련이다. 싸이는

수많은 시행착오와 실패, 시련이 있었음에도 원하는 것에 의도적으로 집중하고 좋은 감정을 발산했기에 대중들을 즐겁게 하면서 자신도 가수로서 성공을 거두었다.

지나간 일을 바라보며 자신을 책망해서는 안 된다. 자책은 부질없는 일이다. 자책하기 시작하면 끝이 없다. 자신이 원하는 내용으로 인생이라는 칠판을 채워나가야 한다. 칠판을 지난날의 짐으로 채워 넣었다면, 깨끗이 지워라. 자신에게 이롭지 않은 과거의 일은 모두 지워라. 소득 없는 시간낭비에 지나지 않는다. 원망은 마음을 상하게 하고, 가슴속에 응어리져 건강을 해친다. 비우고 버려라. 바로 이곳에서, 기쁨을 주는 일을 찾고 그리고 나아가라.

어제는 역사이고, 내일은 미스터리이며, 그리고 오늘은 선물이다. 그렇기에 현재Present를 선물Present이라고 말한다. 과거는 부도난 수표이며, 미래는 약속어음에 불과하다. 살아있는 바로 오늘이 현금이니 현명하게 사용해라. 현재에 충실하면 반드시 성공적인 미래를 기대할 수 있다.

모든 과거가 현재로부터 기인하는 것이며 모든 미래도 현재로부터 비롯되는 것이다. 항상 현실에 중심을 두고 미래를 생각하는 마음가짐이 필요하다. 과거를 바꿀 수는 없으며 최선을 다해서 현재를 살아가면 밝은 미래를 만들 수 있다. 실행에 옮길 사람은 자신뿐이다. 살아 있는 현재에 행동해라. 현재의 삶, 지금 이 순간의 삶에 충실해라. 빈틈없이 현재를 이용해라. 그림자와 같은 미래를 향하여 전진해라.

싸이는 여러 시련을 겪은데 대하여 "일반인들은 지나온 삶을 '기억'이라고 하지만, 자신과 같은 연예인은 '기록'이 됩니다"라고 하면서 과거의 오점에 완전히 자유로울 수 없음을 인정했다. 그러면서도 특유의 긍정적인 사고로 두 번째 군 복무 후 완전히 제대하고 마음에 평정을 유지하면서 활발한 가수 활동을 펼쳤다.

2012년 7월 15일 대한민국과 세계를 열광시킨 〈강남 스타일〉을 발표하면서 제2의 음악 인생을 펼치고 있다. 〈강남스타일〉은 시련을 벗어나 마음이 평정을 유지한 가운데 자유로운 사고에서 탄생한 작품이다.

싸이는 〈강남스타일〉의 성공 이후에 꿈과 악몽 사이에 살고 있다고 한다. 악몽은 다음 곡에 대한 건데 〈강남스타일〉을 넘어서야 하는 중압감을 느끼고 있다. 〈강남스타일〉 유튜브 조회 수를 넘어야 하고 말춤을 넘어야 하고 뮤직비디오의 모든 걸 넘어서기 위해 노심초사하고 있다. 좋은 작품을 만들기 위해 고민은 거듭해야 하지만 마음의 평정은 유지해야 한다.

깊은 바다는 파도가 없으며 늘 고요하고 잔잔하다. 마음의 평정도 마찬가지로 고요함을 유지하는 것이다. 평정이란 마음이 맑고 생생한 움직임이 들어차 있는 상태이다. 평정은 무감각하거나, 냉정한 마음 상태가 아니며 마음이 텅 비어있는 상태도 아니다. 평정이란 단지 입을 닫고 침묵하고 있는 것이 아니라 마음이 들뜨지 않고 태도에 여유가 있는 것이다.

날마다 끊임없이 떠들어대거나 전쟁터에서 격렬하게 싸우거나 바쁜 일로 부지런히 움직이더라도 평정이 깨지는 것은 아니다. 마음이 가라앉아 있기 때문이다. 반대로 조그마한 일에도 마음이 안정을 잃거나 어지러워지면 단정히 앉아 침묵하고 있다 하더라도 평정한 상태가 아니다.

마음의 평화는 자신에게 줄 수 있는 선물이다. 어느 누구도 그것을 대신할 수 없다. 어떤 상황에 처해 있건 자신의 삶을 사랑하는 것에서 마음의 평화는 시작된다. 마음의 평화를 다짐한다는 것은 인생에서 부딪히는 도전적인 문제들에서 한 발 물러나겠다는 의미가 아니다. 내면이 평화로운 상태를 최우선 순위에 두겠다는 것이다.

마음의 평정은 마음공부의 최고 단계이다. 자기성찰과 수련이 필요하다. 상황이나 조건에 따라 마음이 흔들리고 출렁이는 것이 아니라 마음이 고요하고 감사가 넘치는 상태다.

마음은 수천 개의 채널이 있는 텔레비전과 같다. 선택하는 채널대로 순간순간의 자신이 존재하게 된다. 분노를 켜면 분노하는 자신이 되고, 평화와 기쁨을 켜면 평화롭고 기뻐하는 자신이 된다.

평정을 잃지 않는 사람은 마음이 크고 중심이 있는 사람이다. 모든 큰 것은 잘 움직이지 않기 때문이다. 큰 인물이 되기 위해서는 마음의 평정을 유지할 수 있어야 한다, 어떤 일이 일어나도 무슨 말을 들어도 마음이 동요하지 않고 고요하고 평온한 상태를 지니고 있어야 한다. 마음이 흔들리지 않고 평온한 상태는 자신을 다스린 사람만이 얻을 수 있는 과실이다.

원망이나 분노가 치밀어 오를 때, 변명이나 주장을 하고 싶을 때, 기쁨이나 놀람으로 마음이 흔들릴 때, 평정을 유지하기란 결코 쉽지가 않다. 삶에는 곳곳에 고통이란 지뢰가 숨어 있다. 욕망, 증오, 자만, 잘못된 견해가 고통이란 지뢰의 뇌관이다. 뇌관을 제거하면 삶은 한결 편안해질 것이다. 구겨진 종이에 그림을 그릴 수 없듯이 마음이 평정해야 일에 대하여 예리하게 판단할 수가 있다. 평정을 유지할수록 행복하고 즐거운 삶을 누린다.

싸이가 마음이 평정하지 않은 상태에서는 제대로 된 작곡과 노래와 공연을 할 수 없을 것이다. 마음의 평정을 유지하고 즐기면서 열정을 발휘하고 집중하기에 월드 스타가 된 것이다.

평정을 위해서는 내면의 평온을 찾아야 한다. 흥분을 가라앉힐수록 평온한 기운이 온몸으로 퍼져나간다. 모든 행동이 내적인 평온함에서 흘러나오는 까닭에 마음이 평온해지면 어떤 상황에서든 침착하게 행동하게 된다. 평정은 훈련이 요구되고 체험이 필요하다. 마음이 평온해졌던 경험을 떠올려 보라. 경험이 반복될수록 더욱 깊은 평온을 체험할 수 있을 것이다.

평정을 유지하기 위해서는 인생 전체의 시각으로 보아야 한다. 단편적이 아니라 전체적으로 문제를 보아야 한다. 문제는 심각한 것이 아니라 삶의 한 과정임을 깨닫게 된다. 마음에 고요한 평정을 유지해라. 가장 큰 행복과 가장 큰 불행에서도 동요하지 마라. 행복과 불행에 초연하여 경탄을 야기해라.

삶의 주체가 되기 위해서는 마음 다스리는 법을 배워야 한다. 마음의 찌꺼기를 가라앉혀야 평정이 온다. 마음속에는 분노와 욕심, 이기심과 개인주의, 열등감과 패배의식과 같은 찌꺼기가 있다. 이런 찌꺼기를 거르는 정화 과정이 필요하다. 삶에서 잡동사니를 제거해라. 고통스러움을 불러일으키는 기억이나 상황이 있다면 결별해라. 고통을 끌어안고 있지 마라. 단호하고 과감하게 내려놓아라.

마음을 다스리기 위해서는 먼저 마음이 내는 소리에 귀를 기울여야 한다. 어떤 마음이든 밀어내거나 외면하지 말고 그대로 받아들여야 한다. 절망이든 슬픔이든, 어떤 마음이든 부정하지 않고, 이해하고 받아들이는 태도가 필요하다. 그래야 균형 잡힌 삶을 살 수 있고 주변 사람들에게 좋은 영향을 끼칠 수 있다.

선택과 결단으로
대박을 터트렸다

싸이는 가수 생활 10년 동안 5집 앨범을 내고 2011년 6집 앨범을 기획하고 있었다. 당시 싸이는 최고의 인기스타는 아니어서 핫 아이콘이 아닌 30대 중반의 유명한 콘서트 가수였다. 싸이는 데뷔 시절로 돌아가야겠다고 생각했다. 웃기는 동작, 웃기는 노래, 웃기는 춤으로 사람들이 웃을 수 있도록 만들어야겠다고 생각했다. 왜냐하면 전 세계적으로 경제가 아주 침체되어 있었고 한국도 예외는 아니었다.

싸이는 12년차 가수로서 자신만이 보여줄 수 있는 자신의 음악, 춤, 비디오로 사람들을 즐겁게 하는 게 가수인 자신의 직업의 의

무라고 생각하고 노래들 만들려고 했다. 최대한 웃기게 보이려고 최선을 다했다. 마침내 노래가 나왔고 싸이는 〈강남스타일〉을 불렀다.

그 전 5번째 앨범이 나오기까지의 춤과 달리 싸이에게 다른 춤 동작을 만든다는 게 큰 부담이었다. 싸이와 안무가는 말춤을 만들기까지 30일도 넘는 시간을 보냈다. 춤 동작을 만드는 과정에서 말, 뱀, 원숭이, 캥거루, 낙엽, 해, 달 등 모든 물체를 형상화하는 춤 동작을 시도해봤다. 캥거루는 펄쩍펄쩍 뛰어 좋긴 했는데 활력이 없는 것 같아서 결국 말춤을 선택했다.

싸이는 강남스타일 뮤직비디오를 2012년 7월 15일 내놓았다. 그리고 뮤직비디오를 유튜브에 한국 유저들을 위해 올렸다. 외국 유명 가수가 자신의 블로그에 '지쳤으면 이걸 봐라' 면서 올리고 그 후 유명 가수들이 자신들의 트위터에 트윗을 하여 유튜브에 올라가면서 전 세계적으로 열광하게 만들었다.

〈강남스타일〉이 나온 후 싸이는 한국 가요계의 역사와 세계의 팝 역사를 바꿔놨고 자신의 가수 인생에 대박을 터트렸다. 〈강남스타일〉에 말춤이 아닌 다른 춤 이었다면 과연 대박을 터뜨릴 수 있었을까? 〈강남스타일〉이 세계적인 열풍을 일으킬 수 있었던 것은 말춤의 영향이 절대적이다. 누구나 따라 하기 쉽고 신나는 말춤이 〈강남스타일〉이 대박을 터뜨리는데 결정적인 원동력이 되었다. 한국어로 된 노래인데도 외국인들이 쉽게 흉내 내면서 패러디 동영상을 만들고 '떼'로 모여 플래시몹Flash Mob을 할 수 있는 것은 말춤의 역동성 덕분이다. 다른 춤을 마다하고 기막힌 말춤 선택이 싸이를 월드 스타로 만든 것이다.

인생은 운명이 아니라 선택이다. 인생은 B에서 시작하여 D로 끝나고 그 사이에 C가 있다. 즉 B는 Birth(태어남)이고, D는 Death(죽음)이다. 그 사이에 C인 Choice(선택)가 있는 것이다. 인생은 선택의 연속으로 끊임없는 결정의 순간을 갖고 있다. 인생은 주어지는 것이 아니고 선택하는 대로 사는 것이다.

삶은 헤아릴 수 없이 많은 선택의 연속이다. 어떤 옷을 입고, 무엇을 먹을 것인지와 같은 하찮고 세속적인 선택에서부터 누구와 결혼할 것인지, 어떤 직업을 선택할 것인지, 자녀들을 어떻게 양육할 것인지와 같은 인생에 중대한 영향을 미치는 선택이 있다.

인생의 운명을 결정하는 것은 한 순간이다. 삶은 순간순간 내리는 선택으로 이루어진다. 인생의 향방은 아주 단순한 갈림길에서 갈라진다. 시시각각 갈림길에 서서 선택을 한다. 삶 앞에는 날마다 다른 길들이 놓여 있고, 그 중 하나의 길을 선택해야 한다. 선택에 의하여 삶은 수많은 방향으로 갈릴 수 있다. 선택의 몫은 다른 사람이 아닌 자신의 몫이다.

지금까지 살아온 오늘의 모든 것이 선택의 결과이다. 성공과 실패, 행복과 불행도 선택으로 현재에 이른 것이다. 지금 무엇을 선택하고 붙잡느냐에 따라 행복과 불행이 갈린다. 크고 작은 선택들이 운명을 가른다. 선택이 운명을 결정함을 명심해라.

인생에서의 선택을 우연이나 흘러가는 대로 맡겨서는 안 된다. 스스로 자신의 미래를 책임지고 자기 손으로 인생을 값지게 만들어가야 한다. 좋은 씨앗이 좋은 열매를 맺듯이 좋은 선택이 좋은 결과를 낳는다.

좋은 선택으로 행복해지기도 하고 빗나간 선택으로 불행해지거나 후회하기도 한다. 올바른 선택을 위해서는 올바른 선택을 하지 못할 수도 있다는 것을 받아들이면서 앞에 주어진 모든 선택에 대해 개방적인 태도를 취하고 융통성을 유지해야 한다.

선택의 능력을 가져야 한다. 학식과 조심성을 가지고도 선택에서 실패하는 사람들이 많다. 오류를 범하기로 작정이라도 한 듯 최악의 것을 움켜진다. 선택의 능력은 학식이나 지성만으로는 충분치 않으며 좋은 분별력과 올바른 판단이 필요하다.

좋은 선택을 하기 위해서는 감정과 이성을 잘 조화시켜야 한다. 자신이 내리는 결정 배경에 어떤 심리 작용이 자리 잡고 있는지 곰곰이 생각해야 한다. 현재 상황과 미래 충격에 대한 파악이 이루어져야 하며 자료를 동원하여 불확실성을 최소화시켜야 한다.

자신의 관점에서 새로운 시각으로 바라보면 남들이 간 길에서도 내가 갈 길이 보이고 옛 길에서도 새 길이 보일 것이다. 선택의 능력은 하늘이 내린 재능 중의 하나이다. 선택하는 능력을 키워라.

선택 기준을 갖는 것이 중요하다. '무엇이 옳은 것인가, 미래를 향한 것인가, 밝은 쪽인가, 나와 다른 사람을 함께 행복하게 하는 일인가' 이다. 싸이는 〈강남스타일〉의 작곡과 춤을 선택할 때 어떻게 하면 즐겁게 행복하게 할 수 있는가를 선택 기준으로 삼은 것 같다.

특히 중요한 선택 기준이 있다. 하지 말아야 할 것을 선택하지 않는 것이다. 무엇을 해야 할까를 결정하는 것은 간단하다. 진정 어려운 것은 하지 말아야 할 것을 결정하는 것이다. 하나의 결정이 다음 결정에 영향을 미친다. 생각하는 것 이상으로 큰 영향을 미친다. 선택을 한 후에 최선을 다해야 한다.

선택을 할 때는 직관의 능력이 필요하다. 특히 작곡을 하거나 예술적인 능력을 발현하는 데에는 직관의 능력이 더욱 요구된다. 싸이는 작곡을 할 때 조화나 논리보다는 머리에 떠오르는 느낌을 가지고 한다고 한다. 그 어떤 느낌에 의한 것이 이것저것

따져서 하는 것보다 훨씬 좋은 결과를 가져오는 경우가 많다.

직관이란 '이것인 것 같다'는 느낌이다. 때때로 느낌이 결정적인 역할을 한다. 느낌은 삶의 경험이 집적되어 한 순간의 직관이 되는 것이다. 삶은 경험의 연속이다. 직관은 하루아침에 길러지지 않으며 오랜 경험을 통해 조금씩 쌓이는 것이다. 경험을 반복하면서 숙성시켜 자기 것으로 만들어 때가 되면 직관이 발휘된다.

직관은 면밀한 의도나 계획에서 오는 것이 아니라 가슴으로부터 나온다. 직관에는 세 가지 유형이 있다. 평범한 직관, 전문가 직관, 전략적 직관이다. 평범한 직관은 본능적 육감이며, 전문가 직관은 과거의 경험을 바탕으로 한 순간 판단을, 전략적 직관은 오랫동안 고민하고 있던 문제를 한 순간에 해결해 주는 섬광 같은 통찰력을 말한다.

통찰능력은 매순간 선택과 의사 결정을 요구받고 있는 현대 사회에서 필수불가결한 능력이다. 통찰능력은 연구와 사색으로 다가올 일이나 결과에 대해 정확히 예측할 수 있는 능력이다. 디테일한 부분을 세심하게 관찰하는 일이 반복되고 쌓여야 한다. 견見하지만 말고 관觀해야 한다. 시야를 넓혀서 사안의 표면만 보지 말고 내면의 의미를 꿰뚫어 보는 통찰능력을 갖춰라.

성공하는 사람은 직관과 혜안이 있다. 삶의 도전에 응할 때 직관이 필요하다. 감추어진 것들을 보며, 문제만 보는 것이 아니라 기회를 보며, 현실만 보는 것이 아니라 그 너머에 있는 미래를 본다. 앞날을 내다보는 사람은 곤경에 빠지지 않는다. 직관을 발휘하여 쉽게 불운을 겪지 않는다. 앞날을 내다보는 힘은 자신의 경험에 있다. 창의적으로, 긍정적으로, 바르게, 열심히 살아온 사람에게 섬광처럼 주어진 직관이다.

세상에서 일어나는 일을 이성과 논리성만으로 판단하지 마라. 성공은 '합리성'이라고 일컬어지는 그 좁은 개념에 있는 것이 아니라 명쾌한 논리와 강한 직관이 만나는 곳에 있다. 성공한 사람들은 자신의 직관을 믿고 이용했다. 영감에 의해 아이디어를 떠올리고 즉각적인 결정을 내릴 수 있는 능력은 내면적 자아를 가꾸어 온 사람들의 특징이다.

항상 적당한 시기에 적당한 장소에 있는 사람처럼 보이거나, 좋은 일들이 신비할 정도로 자주 일어나는 것처럼 보이는 사람들은 단순히 운이 좋은 사람들이라고 말할 수 없다. 그들은 언제 무엇을 해야 할 것인가에 대한 직관을 개발해 온 사람들이다. 그들은 자신의 직관으로, 가시적인 것을 뛰어넘어 참신하고 혁명적인 가능성을 손에 쥔 사람들이다.

순식간에 지나가는 생각이나 심상을 포착하기란 쉽지 않다. 잠재된 무의식의 세계에서 의식의 세계로 어느 순간 빛처럼 솟아나오는 것이 직관이다. 꿈을 꾸거나 책을 읽거나 산책, 여행, 명상 중에도 직관은 활발히 작동한다.

직관의 통로를 거쳐 숲속 새소리를 들으면서 생명력이 넘치는 아름다운 악상을 떠올려 훌륭한 작곡을 할 수 있고, 길 위의 들꽃을 보고 예술성이 넘치는 그림을 그릴 수 있고, 한 사람을 보는 순간 사랑이 시작되어 결실을 맺을 수 있다.

바닷가에 나가 망망한 수평선을 바라보라. 그늘과 신선한 공기를 찾아 산으로 나가 보라. 늘 하고 있는 일을 다시 한 번 생각해 보고 미래를 생각해 보라. 이 순간 일생을 좌우하는 어떤 영감이 떠오를 수 있다.

뉴턴은 사과가 떨어지는 것을 보고 만유인력을 발견했다. 사과를 보는 순간 사과에서 연상되는 어떤 딴 것을 생각한 것이다. 싸이도 서울 시청 앞 광장에서의 월드컵 응원 공연을 하면서 학생들은 공연을 보고 있는데 전경들은 가이드라인을 따라 반대 방향을 보고 있는 모습에서 영감을 받아 〈챔피언〉 작곡을 했다. 어떤 한 가지 일에 골몰하다 보면 문득 영감이 떠오를 때가 있다. 그 영감이야말로 정녕 값비싼 것이다.

싸이는 〈강남스타일〉의 성공으로 국제가수가 되기까지 수많은 선택의 결단을 내렸다. 미국으로 유학 간 것과 실패했을 때 갈팡

질팡하는 상황에서 가수의 길을 계속 걷기로 결단을 내린 것, 〈강남스타일〉의 춤을 결정할 때 여러 춤이 있었음에도 말춤을 선택하고 결단을 내린 것은 국제가수가 된 결정적인 계기가 되었다.

인생은 헤아릴 수 없이 많은 결정의 연속이며 결단의 순간을 요구하고 있다. 삶은 결단의 연속이다. 삶은 정답을 맞히는 게임이 아닌 불확실성 속에서 성과를 만들어내는 게임이다. 나름의 합리성으로 과감한 결정을 적시에 하는 것이 중요하다.

한 순간의 결단이 승패를 결정한다. 올바른 결단을 내리면 인생이 달라진다. 성공한 사람들은 명확하고 확실한 결단, 해내느냐 죽느냐 하는 결단을 내리며 길을 걸어간 사람들이다. 결단을 차마 내리지 못했던 사람들은 성공하지 못한다. 올바른 결정으로 승승장구하기도 하지만 때때로 빗나간 결정으로 불행해지거나 후회하기도 한다.

끊고 맺음이 분명한 사람은 바쁜 것처럼 보여도 여유가 있다. 우물쭈물하는 사람은 한가한 것처럼 보여도 항상 바쁘다. 우유부단은 여유도 아니며 유연성도 아니다. 무슨 일이든 여유를 가진다는 것은 중요하지만 우유부단은 마음이 나약하다는 확실한 증거다. 우유부단이야말로 성공을 가로막는 최대의 적이다. 우유부단으로 때를 놓치면 안 된다.

결단을 내리기 위해서는 정확하고 충분한 정보는 필수적인 요소이다. 감정과 이성을 잘 조화시켜야 한다. 현재 상황을 파악하고 미래를 예측해야 한다. 직관력으로 불확실성에 대처해야 한다. 결단은 타이밍이 중요하다. 최종 확신을 기다려 미루면 안 된다. 신속한 결단, 과단성 있는 행동을 해야 한다. 힘은 결단력과 민첩성으로 나타난다. 결정을 내리고 앞만 보고 나아가라.

유능한 사람은 결정이 아무리 힘들더라도 결코 미루지 않는다. 실패한 결정 10개중 8개는 판단을 잘못해서가 아니라 '제 때' 결정을 못 내렸기 때문에 실패한 것이다. 성공하는 사람들은 신속한 결단력의 소유자이며, 실패한 사람들은 예외 없이 결단이 매우 느리다.

결단은 무조건 빨리 결정해야 한다고 생각하는 사람이 많다. 물론 신속한 의사 결정은 대단히 중요하지만 성급히 결정을 내리는 것은 화禍를 자초할 수 있다. 결단하기 전에 결과를 깊이 고민해야 한다. '심사숙고' 라는 말이 이런 때 해당하는 말이다.

'30초 규칙' 이란 것이 있다. 어떤 일을 결정해야 하는 순간에 섰을 때 딱 30초만 더 생각하라는 것이다. 우유부단하게 망설이라는 것이 아니라 어떤 결단의 기로에 섰을 때 30초만 더 자신에게 겸허하게 물어보라는 것이다. 이 결정이 내 삶과 일에 어떤 영향을 미칠 것인지 신중하게 판단해 보라는 것이다.

중요한 결정을 할 때에는 단기적이 아니라 장기적으로 보아야 한다. 장기적 관점의 소유자는 단기적 관점의 소유자보다 성공 확률이 훨씬 높다. 장기적 관점의 소유자는 결정을 할 때 장차 무엇을 필요로 할 것인가를 기준으로 내린다. 그 결과 지금 이 시점에서 미래의 목표를 달성하는데 도움이 될 결정들을 한다. 장기적인 사고는 단기적인 의사 결정을 향상시킨다.

결단은 마음을 가다듬고 창조력을 자극한다. 결단이 섰을 때 의구심과 혼란은 사라진다. 에너지가 샘솟으며 자신의 인생에 대한 통제력을 발휘했다는 느낌이 든다. 결단을 내리지 못하고 주저할 때, 구체적으로 어떤 일을 할 것인지 결심이 서지 않을 때에는 방향을 잡지 못하고 우왕좌왕하게 된다. 계속 망설이면 기회는 어느 순간 사라진다. 결심이 서면 결정한 것을 과감하게 밀고 나가라. 많은 가능성을 꼼꼼히 따져본 후에 결정했다면 최선을 다해라.

PSY가 영어를 못했다면

　싸이는 영어를 잘한다. 미국 유학 가서 4년 정도 생활한 것이 영어를 잘하는 계기가 되었다. 특히 싸이가 미국에서 공부를 통해 습득한 학술적인 영어가 아니라 자신이 스스로 말하듯이 음주가무와 이성교제를 즐기고, 집에서 학비 지원이 끊겨 불법 복제 CD 장사를 하는 과정에서 다양한 생활 영어를 체득한 것 같다. 원래 말을 잘하는 언어감각을 가지고 있어서 영어를 능숙하게 구사한다.

　싸이가 영어를 얼마나 자연스럽게 유창하게 구사하는지는 2012년 11월 7일 영국 옥스퍼드대학교 강연과 2012년 11월 14일 마돈나의 뉴욕 메디슨 스퀘어 가든 공연에서 게스트로 출연하여 펼친

마돈나와의 합동공연을 보면 실감할 수 있다.

옥스퍼드대학교 강연을 보면 싸이가 단순한 딴따라이거나 그냥 가수가 아님을 알 수 있다. 싸이는 팔짱을 끼고 선글라스를 착용한 채 농담을 섞어가며 영어를 구사하고 있다. 영어를 잘할 뿐만 아니라 지식과 관觀이 묻어나는 강연을 펼쳤다. 마돈나와의 합동공연에서도 전혀 꿀리지 않고 자신감이 넘치고 자연스러운 공연을 펼치고 있다.

마치 외국 가수이거나 외국에서 태어나고 자란 가수인 것처럼 착각할 정도다. 국내에서의 가수 활동보다 외국에서의 가수로 활동하는 모습이 훨씬 더 자연스러워 보인다. 어쩌면 국내에서의 가수 활동은 월드 스타로서 국제가수가 되기 위한 오픈 게임처럼 느껴지기도 한다.

싸이는 미국에서 4년 정도 유학 생활을 했으며, 1999년 국내에 들어와 국내가수 생활을 했다. 외국에서의 가수 활동은 없었다. 그럼에도도 불구하고 자연스럽게 영어를 구사한다. 미국을 떠난 지 10년이 훨씬 지났음에도 불구하고 영어를 유창하게 구사하는 것은 국제가수가 되기 위해 영어를 꾸준히 연마하면서 준비하지 않았다면 그렇게 잘할 수 없을 것이다. 영어를 잘할 뿐만 아니라 영어를 구사하면서의 지적수준도 매우 높다.

싸이의 영어 실력은 국제가수로서의 커다란 원동력이다. 싸이

가 영어 실력을 갖추고 있기 때문에 영어로 무장된 글로벌한 사고
와 감각을 가지고 노래를 작사 작곡할 수 있었다. 싸이가 작사 작
곡한 노래를 보면 글로벌한 감각이 흠뻑 묻어있다. 그는 세계적으
로 유행하는 음악 풍조를 받아들이면서 자신의 노래와 공연에 반
영하고 있는 것이다.

싸이는 국제가수로서 영어 실력을 유감없이 발휘하고 있다. 만
약 싸이가 영어를 못해 외국 방송의 토크쇼나 공연에서 일일이 통
역을 통해 말해야 한다면 자연스런 농담을 할 수 있겠는가? 영어
를 잘 하기 때문에 자신감을 가지고 월드 스타로서 각광을 받고
있는 것이다.

그동안 한국의 걸그룹 등이 외국에 진출했을 때 환호와 인기를
누린 것 같아도 반짝 인기였으며 과장된 보도였다. 싸이가 미국을
비롯한 세계 각국의 여러 방송 출연과 외국 유명 가수들과의 공연
에서 농담까지 섞어가며 자유자재로 영어를 구사하기 때문에 명
실상부한 월드 스타로서 손색이 없는 것이다.

싸이는 국제가수로서 핵심 실력이자 지식인 영어를 구사할 수
있기 때문에 영어에 대한 울렁증이나 두려움 없이 자연스런 국제
가수로서의 활동을 펼쳐나가고 있는 것이다. 만약 싸이가 영어를
못하는 상황을 생각해봐라. 외국 방송에 출연하여 세계적 팝가수
브리트니 스피어스에게 말춤을 가르쳐주거나 마돈나와의 공연에

서 통역이 일일이 붙어야 한다면 자연스런 방송이나 공연은 이루어지지 않고 〈강남스타일〉 노래를 부르고 춤을 추는 정도의 가수로 그치고 말았을 것이다.

그래도 싸이에겐 모국어가 아닌 영어는 부담이 되는 것 같다. 미국에서 활동 중인 싸이는 MBC TV 예능 프로그램 《무한도전》에 출연하여 개그맨 노홍철에게 "일을 영어로 하는 게 힘들고 일이 끝나도 생활을 영어로 해야 하는 게 힘들다. 웃기고 싶어도 제대로 되지 않고, 술을 마시고 취하면 한국말을 하더라"고 털어놨다.

종사하는 분야에서 꼭 필요한 실력과 지식을 습득해야 한다. 지식과 실력이 운명을 바꾼다. 현대사회는 브레인 파워의 시대 즉 지식사회다. 지식이 사회를 지배하는 권력이며 가치의 원천이고 성공의 열쇠다. 지식을 가지고 하는 일에 적용하면 할수록 성공의 가능성은 높아진다. 특별한 지식은 성공의 날개다. 권력, 지위, 영향력, 권위는 지식을 효과적으로 쓰는 사람의 몫이다. 지식을 적재적소에 활용할 수 있는 앎의 기술을 터득해야 한다.

인재는 문제의 핵심을 꿰뚫어 보고 해결책을 찾아내는 사람이다. 해결책을 찾기 위해서는 끊임없이 배우는 자기 계발을 해야 한다. 자기 계발에 힘쓰면 인생의 환희와 기쁨, 정열적인 삶을 맛볼 수 있다. 자기 계발을 하지 않으면 나태와 안일, 단조로움이 자리 잡는다. 지식을 창출·관리·활용하는 능력이 경쟁력이다. 막연하거나 어설프게 아는 자세에서 벗어나 확실하게 이해하고 알아야 한다.

답을 알아도 이유를 모르면 진짜 아는 것이 아니고, 이유를 알아도 이해를 못하면 제대로 아는 것이 아니다. 인생에서 필요하고, 가능하고, 긴절한 활동은 실력이다. 다양한 지식은 삶을 즐겁고 강하게 만든다. 실력으로 무장해야 더 큰 돈을 벌 수 있다. 지식의 획득과 축적을 위해 노력을 기울여야 한다. 지식을 얻고 축적하는 데는 한계가 없다.

콩나물시루에 물을 부으면 밑으로 전부 빠져 나가는 것 같지만 시루에서 콩나물이 서서히 자라난다. 학습은 콩나물에 물을 주는 것과 같다. 학습을 비용이라 생각하지 않고 투자하면 당장의 작은 변화뿐만 아니라 후에 큰 성과를 가져온다. 학습하는 시간은 미래가 들어올 수 있는 시간이다. 지식의 양은 호기심의 양에 비례한다. 살아가면서 두뇌에 지식을 덧칠해 나가야 한다.

지식이 있어야 재치 있는 언변과 고상한 행동이 나온다. 지식을 쌓아놓지 않으면 매력 없는 인간이 된다. 지식은 나이가 들었을 때에 휴식처가 되고 도피처가 된다. 지식을 마음껏 흡수하되 바람직한 지식을 갖춘 사람이 돼라.

자신의 수입에서 5%는 자신의 가치를 높이는데 투자해라. 재財테크보다 자신을 계발하는 재才테크에 먼저 투자해야 한다. 학습에 투자하면 財테크보다 이윤이 높다. 才테크에 투자하면서 실력을 현명하게 비축하여 적절한 시기에 사용해라.

니체는 졸업을 앞둔 제자들에게 "너희는 나의 학설을 이해하고 소화해야 한다. 그래야 성장할 수 있다. 또한 그것을 말도 안 되는 허튼소리로 생각해야 한다. 그래야 성숙할 수 있다. 몇 십 년이 흐른 후, 그때까지도 내가 가르친 것을 붙들고 있다면 너희는 이 시대의 큰 죄인이다. 기존의 지식을 부정하라"라고 말했다.

새로운 지식이 급속도로 쏟아지는 오늘날에 과거의 지식을 고수한다는 것은 곧 경쟁에서 도태됨을 의미한다. 현대 사회에서 학습Learning 못지않게, 의식적으로 기존에 알고 있는 것을 버리는 폐기학습Unlearning이 필수다.

지식은 끊임없이 생산되며, 기하학적으로 증가하고 있다. 작년에 익힌 새로운 지식은 올해에는 절반밖에 소용없고, 내년에는 4분의 1, 내후년에는 8분의 1로 줄어들고, 점점 더 줄어들어 결국 아무 쓸모가 없어진다. 많은 교육을 받은 사람도 계속 공부하지 않으면 무용지물이다. 현대는 지식의 반감기임을 알고 지속적으로 공부해야 한다.

이미 알고 있는 지식이 차지하는 부분을 원이라고 한다면 원 밖은 모르는 부분이 된다. 원이 커지면 원의 둘레도 점점 늘어나 접촉할 수 있는 미지의 부분이 더 많아지게 된다. 이런데 어찌 배움을 멈출 수 있겠는가? 배울수록 더 학습을 해야 한다. 평생학습은 성공하는 사람들의 특징이다.

21세기의 문맹자는 글을 읽을 줄 모르는 사람이 아니라 학습하고, 교정하고 재학습하는 능력이 없는 사람이다. 급격하게 변화하는 지식 사회에서 학습을 멈추면 나이에 관계없이 이미 늙은 사람이다. 반대로 끊임없이 배우는 자는 나이와 관계없이 젊은 사람이다.

지속적인 학습은 생존과 경쟁의 원재료이자, 핵심 원천이다. 지식사회에서는 이미 보유하는 지식보다는 배울 수 있는 능력과 배우고자 하는 의지가 경쟁력의 척도이다. 시대를 풍미하는 것에 대해 알아야 한다. 새로운 것을 배워야 할 시기는 바로 지금이며 학습을 통해 스스로를 새롭게 해야 할 사람은 바로 자신이다. 그렇게 하지 않으면 현상유지조차 불가능함을 명심해라.

학습은 끝이 없으며 '안다는 것'에는 희열이 따른다. 사람은 늙어서 죽는 것이 아니라 스스로 닦아나가기를 멈출 때 죽음이 시작되는 것이다. 학습 역량이 외부 지식 변화를 따르지 못하면 쇠퇴를 각오해라.

SEXY LADY를 빼고는 전혀 모른다

싸이는 2012년 11월 7일 영국 옥스퍼드대학교 강연에서 노래를 영어로 부르기 보다는 한국 가수로서 한국어로 불러 승부하는 가수가 되겠다는 자긍심과 포부를 밝히는 강연을 했다.

"많은 아시아인 출신 가수들이 서구 음악 시장에 도전했지만 여의치 않았어요. 그 이유는 그들이 자신이 서구 출신인 것처럼 행세를 하려고 했어요. 하지만 전 서구가 아닌 동양 출신으로 한국인입니다. 그래서 난 서구인인 체 하지 않고 한국인이 되겠다고 판단했어요. 그래서 첫 번째로 〈강남스타일〉의 가사를 바꾸지 않겠다고 결정했지요. 왜냐하면 제가 영어를 사용하면 여러분들은 이해를 하겠지만 저는 그게 흥미 없는 게 된다고 생각했어요. 이미 여러분들은 영어를 사용하는 많은 멋진 가수들을 가지고 있어서죠. 그리고 그들은 저보다 영어를 잘해요. 하지만 제가 한국말을 하면 비록 가사를 이해하지 못한다 하더라도 여전히 멋지게 들리고 호기심을 불러일으키겠죠. 왜냐하면 제가 한국인이기 때문에 한국말을 하면 서구에서 최고가 될 수 있어요. 그래서 좀 위험성이 있긴 하지만 한국 가사를 유지하겠다고 생각했고 세계적 연예 기획자인 스쿠터 브라운과 만나 가사를 바꾸지 않겠다고 하면 계약하겠다고 했어요. 스쿠터 브라운의 생각도 같았어요. 그래서 계약을 하고 한국어로 전 세계에 〈강남스타일〉을 발매했습니다. 제가 특별히 한국을 사랑해서가 아니라 한국어를 잘하기 때문이죠. 제가 지금 긴장하면서 영어로 하고 있지만 한국어로 15초면 포복절도하게 할 수 있어요."

싸이는 이어서 이렇게 말했다.

"공연할 때 외국 사람들에게 미안하기도 하고 행복하기도 해요. 행복한 건 그들이 아주 행복해 보여서고요. 미안한 건 그들이 가사에 대해 섹시 레이디SEXY LADY를 빼고는 전혀 모른다는 점이죠. 그들은 가사를 알 필요가 없어요. 따라서 그들은 각자만의 가사 버전을 가질 수 있겠다는 생각이었어요. 섹시 레이디가 나올 때까지 각자의 가사를 가지는 것이죠."

싸이는 한국인으로서의 자긍심을 가지고 〈강남스타일〉을 한국
말 가사를 가지고 세계 대중음악계를 정복했다. '가장 한국적인
것이 세계적인 것이 될 수 있다'는 말처럼 한국어 가사에다 어쩌
면 싸이의 한국적인 외모가 인기 비결에 한몫을 하는 것 같다. 크
지 않은 키에 통통하고 벌어진 체격과 납작한 코, 작은 눈에 넓적
한 얼굴은 전형적인 동양인이자 한국 남자의 외모이다. 여기에다
소탈한 모습과 소박한 웃음, 넘치는 카리스마가 일품이다.

만약 싸이가 호리호리한 체격에 아이돌 가수처럼 가냘프고 매
끈한 미남으로 〈강남스타일〉을 불렀다면 오늘날과 같은 인기를
얻기는 힘들었을 것이다. 싸이는 자신의 외모에 대해서도 자부심
을 가지고 있으며 자신만의 특징을 살리고 있음을 밝히고 있다.

"남성그룹은 아주 예쁘장하고 날씬하고 모두 로봇처럼 척척 춤
을 추고 숨도 안 쉬고 아주 강렬하게 춥니다. 내가 추는 춤은 사람
들이 보고 '우리도 할 수 있겠는데…' 하고 생각한 것입니다. 요
새 여러분들이 말춤을 따라 하듯이 말이죠. 제가 생각한 건 그저
보여주는 것 대신에 참여하는 걸 제공하는 것이었어요. 멋진 남자
들은 그런 보여주는 건 할 수 있지만 저 같은 외모의 남자는 참여
를 제공할 수 있는 거죠."

싸이는 자긍심을 가지고 다른 가수들처럼 정형화된 노래와 춤
이 아니라 동참을 이끄는 자신만의 춤과 공감을 불러일으키는 노

래를 부르면서 가수 활동을 펼쳐오고 있다. 싸이는 자신만의 음악을 추구할 줄 아는 일관된 가치관을 가지고 있다. 음악에 미쳐서 한 길을 걸으며 가장 잘하고 잘 어울리는 음악과 춤을 만들어온 결과 싸이스러운 콘텐츠인 〈강남스타일〉이 나올 수 있었다. 웃음, 뚝심. 기상천외함은 엽기 가수를 탄생시켰고 오늘날의 개성이 강한 독보적인 캐릭터를 만들었다.

누구나 세상에 하나밖에 없는 경이롭고 유일한 존재다. 어느 누구도 똑같이 생긴 사람은 없으며 똑같은 생각이나 아이디어, 일을 처리하는 방식을 가지지 못한다. 자신에 대한 사랑은 '나는 너보다 낫다'가 아니라 '나는 나로서 좋다'는 생각이다. 즉 내가 아닌 다른 사람이 될 필요가 없다는 인식이다. 자신을 있는 그대로 받아들여야 한다. 자신이 특별하고 유일하고 존경받을 만한 존재로 여겨야 한다.

자긍심은 자신의 소중함을 깨닫고 자신을 어루만지고 사랑하는 일이다. 자신을 가치 있는 존재로 여기며 어떤 일을 해낼 수 있는 유능한 존재로 여기는 것이다. 자긍심에서 행복한 삶이 시작된다. 자긍심은 원하면 가질 수 있지만 원하지 않으면 가질 수 없다. 남과 다른 자신만의 진정한 가치를 인식하고 인정해야 한다. 명품은 비교할 수 없기 때문에 명품이다. 다른 사람과 비교하지 말고 자신만의 존귀한 가치를 찾아라.

자긍심은 자신을 바라보는 자기 이미지의 문제다. 자기 이미지는 자신이 오랫동안 만들어 온 자신에 대한 생각들로 구성된 것이다. 마음속으로 자신에 대해 적극적인 생기 넘치는 생각을 주입하여 밝고 건전한 자기 이미지를 가져야 한다.

자기 이미지에 대한 책임은 자신에게 있으며, 자기 이미지를 만들고 유지하는 책임도 자신에게 달려있다. 자기 이미지를 위해 노력해라. 자신에게 너무 까다롭게 굴지 마라. 자신에게 너그러워지라. 자신의 친구가 돼라. 자신을 괜찮은 사람이라고 생각해라. 자신의 좋은 점들을 긍정해라. 자신을 인정해라. 자신을 신뢰하고 칭찬해라. 스스로를 자랑스럽게 생각해라. 자신에게 힘을 주라. 자신을 좋아해라. 자신을 사랑해라. 스스로를 귀하게 여겨라.

내연 엔진이 가솔린에 의해 움직이듯이 사람은 자긍심에 의해 움직인다. 자긍심이 가득 차 있으면 오랫동안 가지만 반만 차 있으면 움직이는 것이 시원치 않고 비어있다면 곧 멈추고 말 것이다. 자신을 사랑하는 사람만이 인생을 열심히 살아간다. 자신을 신뢰하고 사랑해야 한다. 자신을 앞으로 나아가게 하는 힘은 내면으로부터의 자기 사랑이다. 자신을 사랑하지 않는 한 변화하고 발전하기 어렵다.

자신을 사랑하지 못하면서, 어떻게 다른 사람을 사랑할 수 있겠는가? 자기 사랑은 모든 깊은 사랑의 첫걸음이다. 자기 자신과 사랑에 빠질 수 없다면 다른 사람과 깊은 사랑에 빠질 수 없다. 다른 사람을 사랑하려면 우선 자신부터 사랑하는 법을 배워야 한다. 좋아하는 사람이 생기기 전에 먼저 자기 자신과 사랑에 빠져 보라. 좋아하는 사람과 함께 하고 싶은 일들을 먼저 자신과 함께 해보라. 자신에게 도취돼라.

자기 사랑은 무턱대고 할 수 있는 일이 결코 아니다. 자기가 보기에도 능히 사랑할 수 있는 사람이 되어야 가능하다. 끊임없는 자기 관찰과 자기 계발이 선행되어야 진정한 의미의 자기 사랑에 흠뻑 빠질 수가 있다. 과연 스스로 사랑할 수 있는 사람인지 거울 앞에 서 보라 사랑할 만한 몸이며 얼굴이며 눈빛인지 살펴보라.

자신이 하고 있는 일을 사랑하면서 돋보이게 해야 한다. 자신이 하고 있는 일을 싸구려 취급하는 사람은 타인에게도 역시 싸구려 취급을 받을 것이다. 하는 일을 사소하고 일상적으로 느끼게 하면 부담을 더는 것이 아니라 멸시를 불러온다. 사람들은 평범치 않은 지성과 취미를 갈망하기 때문이다. 자신이 하는 일을 우러러 보게 하며 때로는 널리 알려 호기심을 자극하고, 때로는 멋진 이름으로 존경심을 야기해라.

인간은 자신을 인정하는 것만큼 발전한다. 실패하는 사람들 대부분은 자신의 능력을 잘못 판단하고 자신의 중요성과 가치를 경시하는 경향이 있다. 자신의 한계를 받아들이면 '작은' 것에 머무를 것이다. 자신의 잠재력의 한계를 인정하지 않고 무한함을 믿고 도전하고 극복해야 성공할 수 있다. 싸이는 가수로서의 자신의 무한한 재능을 믿고 노력하고 준비했기에 월드 스타가 될 수 있었다.

성공을 위해선 자신이 어떤 면에서 뛰어난지를 알아야 한다. 어떤 재능을 알게 되면 이를 더욱 육성하고 보완해야 한다. 많은 사람은 타고난 능력을 방치하여 재능을 살리지 못한다. 탁월한 사람은 자신의 재능을 알고서 발휘하고 있다. 어떤 분야에서 능력을 발휘할 수 있는지 생각해 보라.

자신을 믿어라. 재능을 가지고 있다고 하더라도 자신에 대한 믿음이 없다면 소용이 없다. 자신을 믿어야 발전하는 삶, 성공적인 삶, 행복한 삶으로 만든다. 아침에 하루를 시작하며 '내 잠재력의 한계치는 무한하다' 고 생각하고 "나는 건강하다! 나는 행복하다! 나는 너무 멋있다!"를 두 팔을 높이 들고 외쳐라. 잠들기 전에 '내가 가진 무한 잠재력 개발을 위해 오늘 최선의 노력을 다했는가?' 라고 물어라.

싸이는 카리스마와 함께 자신감에 넘친다. 공연을 할 때, 방송에 출연하여 대담을 할 때, 외국 유명 가수들과 공연을 펼칠 때 전혀 주눅이 들지 않는다. 영국 옥스퍼드대학교에서의 강연에서도 팔짱을 끼고 선글라스를 착용한 채 유창하게 영어를 구사하며 농담을 섞어가며 여유 있는 모습이었다. 특히 싸이가 세계 최고의 팝스타 마돈나의 뉴욕 메디슨 스퀘어 가든 공연에 게스트로 참가하여 자연스럽고 대범하고 꿀리지 않는 공연을 펼쳐 보여주었다. 마돈나의 기세와 도발적인 춤에 주눅이 들거나 굴하지 않고 맞받아치며 뜨거운 무대를 이끌어내면서 끼를 폭발시켰다.

자신감은 자신에 대한 믿음이다. 자신감은 자신을 이해하고 받아들이고 사랑하는 것이다. 자신을 존중하는 일부터 시작해야 한다. 자신의 육체와 이성, 성격을 존중해야 한다. 자신이 관여된 모든 것에 깊은 관심을 가져야 한다. 자신의 현재 모습을 인정하고 앞으로 나갈 수 있다는 믿음을 가져야 한다. 성공으로 향하는 중요한 한 가지 열쇠는 자신감이다. 할 수 있다는 자신감과 해내고야 말겠다는 굳은 결심에서 나오는 강한 의지는 성공의 관건이다.

자신감은 존재의 핵심에 자리 잡고 있는 자신만의 은밀한 체험이다. 다른 사람에 의해서가 아니라 자신이 생각하고 느끼는 것이다. 일이 어려워서 자신감을 잃는 것이 아니라 자신감을 잃었기 때문에 일이 어려운 것처럼 보이는 것이다. 자신감을 가져라. 지금 성공할 능력이 있고 앞으로 성공할 것이라는 굳건한 믿음과 확신을 가져라.

자신감은 자신과의 싸움에서 온다. 다른 사람과의 싸움이 아닌 자신과의 싸움에서 이긴 사람이어야 진정한 자신감을 얻게 된다. 어린 시절이 불행했다고 하더라도 그냥 과거에 묻어 두고, 기다리고 있는 미래를 생각해라. 전에 실패를 거듭했다고 해도 지금 무엇을 할 것이며 할 수 있는가를 생각해라. 자신감에 넘치는 자기이미지가 형성될 때 삶의 상황은 쉬워진다. 자기이미지는 전적으로 자신에게 달려있다.

자신감은 상황이나 경험, 객관적인 능력의 우위에서 나오는 것이 아니라 자신에 대한 믿음에서 나오는 것이다. 세상을 살면서 어떤 상황에 처하든 과감히 대처할 것이며, 필요한 일을 하겠다는 신념이며 할 수 있다는 믿음이다. 성공의 큰 적은 의심과 두려움임을 명심하고 자신을 믿어라.

자신감은 마음을 먹거나 결심한다고 해서 생기는 것이 아니다. 실력도, 경험도 없다면 자신감이 없는 것은 당연한 일이다. 노력하여 실력을 쌓고, 경험이 있어야 자신감을 가질 수 있다. 자신을 개선시키기 위해 꾸준히 노력해야 한다. 몸을 일으켜 위를 바라보고, 실력과 경험을 쌓아 삶의 환경을 개선시켜야 한다.

싸이는 꾸준히 영어 실력을 길렀고 감각을 잃지 않기 위해 클럽을 출입하면서까지 다양한 경험을 했고, 작사 작곡과 가창력 발휘와 뮤직비디오 제작에 심혈을 기울였고 좋은 공연을 위해 조명 하나까지 신경을 쓰는 나름대로 완벽한 노력을 기울였다. 이러한 노력과 준비에서 자신감과 개방적인 여유가 묻어나오는 것이다.

자신 있는 사람은 개방적인 태도를 취할 수 있다. 자신감 있는 사람은 아이디어와 변화에 개방적인 태도를 가지고 있다. 자신의 의견이 도전받는 것을 두려워하지 않으며 배우는 기회로 삼아 아이디어를 더욱 풍성하게 만드는 지적인 싸움을 즐긴다. 자신이 있으면 심플해질 수 있다. 자신이 없으면 복잡한 말을 하게 된다. 심플해야 빨리 내달릴 수 있다.

성공은 거울 속의 자신을 바라보고 미소를 지을 수 있을 만큼 자신감을 가진 사람을 따른다. 자신감을 가지고 일을 하면 어떤 일도 이루지 못할 것이 없다. 어떤 일을 시작할 때는 반드시 된다는 확신과 되게 할 수 있다는 자신감을 가지고 해야 한다. 안될 수도 있다는 회의나 불안은 끼워 넣지 말아야 한다.

인생에서 성공을 원하지만 장애물로 가득 차 있다. 성공을 위해서는 장애물을 넘어서야 한다. 장애물이 자신감을 키우는 씨앗이 되어야 한다. 넘어지는 과정을 겪어야 자전거를 탈 수 있다. 넘어짐을 두려워 마라.

인생의 전쟁은 강한 사람이나 빠른 사람에게 항상 승리를 안겨주지는 않는다. 승리는 자신감을 가지고 할 수 있다고 믿는 사람의 몫이다. 할 수 있다고 생각하면 되고 할 수 없다고 생각하면 안된다. 뭐든지 할 수 있다고 생각하는 사람이 새로운 세상을 만들어간다. 성공은 자신감에 달려있다. 재능이란 자기 자신을, 자신의 힘을 믿는 것이다. 자신감은 최고의 성공 비결이다.

'사기士氣'는 인간으로서의 긍지다. '사기'는 자신과 타인의 차이를 깨닫고 올바른 길을 지켜서 옳지 못한 사람과 영합하지 않도록 하는 힘을 지니게 한다. 사기는 경쟁력이나 강권에 의해 높아지는 것이 아니라, 성취동기와 자발적인 노력이 뒤따라야 한다.

싸이는 겸손한 가운데 사기에 충만해 있다. '사기'는 없어서는 안 되는 것이지만 남을 업신여기는 마음인 '오기傲氣'는 있어서는 안 된다. '오기'는 상하의 분간도 하지 않고 높은 지위만 노리며 주어진 책임을 다하려고 하지 않는 잔꾀를 갖게 한다. 이런 사람은 자신의 경우에는 '오기'를 '사기'라고 착각하고, 타인은 '사기'를 '오기'라고 단정하는 못난 습성을 갖고 있다.

PSY의 말솜씨

싸이의 말솜씨는 탁월하다. 방송이나 공연에서 유머감각을 가지고 말을 재치 있게 하여 주위를 즐겁게 할 뿐만 아니라 논리도 겸비하고 있어 공감을 불러일으키는 능력도 가지고 있다. 특히 싸이의 노래 가사는 말처럼 하는 랩이 많이 있는데 압축된 가사로 대중을 공감시키는 것은 탁월한 언어감각에서 기인하는 것이다.

싸이가 출연한 각종 TV 예능 프로그램과 옥스퍼드대학교에서의 강연을 보면 재치 있는 말솜씨, 유머감각, 논리성과 인생관 등을 표현하는 그의 언어감각과 의사소통 능력을 알 수 있다.

가수나 연예인의 경우에 대중들을 즐겁게 하면서 공감시키는 능력이 중요하다. 토크쇼 등에서 이야기를 할 때 대중의 마음을 사로

잡는 이야기란 듣는 사람이 중요하거나 재미있게 느끼는 이야기다. 무엇보다 중요한 것은 자신 스스로 중요하거나 재미있다고 생각하는 이야기를 전달해야 상대방의 마음을 사로잡을 수 있다.

무엇보다 자신의 이야기를 들려주어 공감을 끌어내는 것이 성공의 화술이다. 싸이는 자신이 가수가 되기까지 겪은 시행착오와 실패, 시련과 성공에 관련된 자신의 이야기로 대중의 공감을 이끌어 내고 있다. 스토리텔링 능력이 탁월하다.

사회생활에 있어서 상대방의 마음을 사로잡는 이야기를 들려주는 사람이야말로 강력한 힘을 가진 사람이다. 말을 하는데 있어서 범할 수 있는 최대 실수는 자신의 견해와 감정 표현에 최우선 순위를 두는 것이다. 자신의 생각과 감정을 표현하려고만 해서는 안 된다. 먼저 상대방을 존중하고 이해하려고 해야 한다. 자신의 논리를 전달하기 위해 고민하기보다는 상대방의 입장을 들어주고 이해하고 존중해주어야 한다.

개는 반가운 상대를 만나면 꼬리를 치켜들고 흔들지만, 고양이는 싸워야 할 상대를 만나면 꼬리를 흔든다. 개가 고양이를 만나 반갑다고 꼬리를 흔들면 고양이는 전투태세에 돌입하게 된다. 인간관계에서도 성격과 말하는 방법 행동이 서로 다르다보니 의사소통에 문제가 생긴다. 의사소통 능력을 키우기 위한 전제는 상대와 나의 상식과 사용하는 말의 뜻이 다를 수 있다는 점을 인정

해야 한다. 감정이나 체면을 경계해야 하며 정직하고 솔직해야
한다.

의사소통을 잘 하기 위해서는 30초 안에 상대의 관심을 유발하
고, 3분 내에 말하고자 하는 핵심 내용을 확실하게 전달하고 30분
내에 핵심 내용을 설명하고 상대방의 마음을 움직여 결정을 이끌
어낼 수 있어야 한다.

성공적인 화법에 '1:2:3의 법칙'이 있다. 하나를 말하고 둘을
듣고 셋을 맞장구치라는 뜻이다. 맞장구는 대화의 하이파이브로
상대방의 말에 귀를 기울이면서 동조함을 나타내어 깊은 유대감
과 공감을 형성한다. '맞장구'도 상황에 맞게 해야 한다. 진심을
담아서 해야 한다. 과장하거나 건성으로 해서는 안 된다. 상대방
을 기쁘게 행복하게 해 주어라.

말은 생각을 형성하고 생각은 행동을 결정하며 인생을 만들어
간다. 말은 행복의 문을 여는 중요한 열쇠다. 성공한 사람은 긍정
적이고 적극적인 말을 한다. 두뇌는 자신이 말한 언어를 의식 속
에 넣어 자신의 인생에 반영시킨다. 행복한 인생을 실현하기 위해
서는 긍정적인 언어를 사용해라.

긍정적이고, 성취를 다짐하는 말을 많이 하면 성공하는 사람이
되고, 부정적인 말을 많이 하면 실패하는 사람이 된다. '할 수 있
다'라고 말하면 뇌는 해답을 찾기 위해 분주하게 움직인다. 반면

에 '할수 없다' 라고 말하면 안 되는 이유들이 머릿속을 지배하게 된다. 결국 '할 수 있다' 는 말이 성공을 가져온다.

부정적인 말투를 긍정적인 말투로 바꾸지 않고서는 부정적인 사고방식에서 긍정적인 사고방식으로 변하기 어렵다. 긍정적이 되고 싶다면, 어떤 말을 하느냐에 따라 사고가 형성되고 행동하게 되고 인생이 된다. 성공하고 싶다면 '할 수 있다' 는 긍정의 말을 입에 달고 살아야 한다. 말을 다스려라.

싸이는 상대방에게 칭찬을 잘한다. 칭찬을 잘하는 정도가 아니라 칭찬하는 능력이 탁월하다. 싸이가 《슈퍼스타K4》 심사위원으로 나와서 하는 것을 보면 오디션 참가자들의 마음을 편안하게 해주면서 가능한 참가자들의 장점을 끄집어내어 칭찬을 하려는 자세를 가지고 있었다.

싸이는 《힐링 캠프》에 나와서 어떻게 칭찬해야 하는지에 대해 여성에게 칭찬하는 방법을 예로 들었다. "칭찬을 싫어하는 여자는 없어요. 낯선 사람이 칭찬하면 간첩이고, 무턱대고 칭찬하면 여자들이 경계하면서 작업 거냐고 그래요. 어떻게 칭찬해야 하는가 하면 얼굴 몸매 칭찬은 와 닿지 않아요. 그녀가 가지고 있는 것이 아닌 그녀가 오늘 노력한 것을 칭찬해야 해요. 예를 들면 '옷이 매치가 너무 잘 됐어요. 하얀 옷이 잘 받네요. 미장원에 갔다 오셨는지

머리가 너무 잘 어울려요. 계속 좀 지켜봐도 되죠? 눈을 뗄 수가 없네요.' 이런 디테일한 칭찬을 하면 감동하죠."

칭찬은 귀로 먹는 보약이다. 칭찬은 살아가는데 버팀목이 되는 자존감 형성에 결정적으로 영향을 미친다. 칭찬은 매일 섭취해야 하는 밥이요 물이다. 칭찬은 아무리 많이 받아도 지겹거나 신물이 나지 않는다. 그러면 자신감과 자긍심을 불러일으킬 수 있다. 동기를 부여하여 창의적 사고와 행동을 일으키고, 지속하기 위해 필요한 에너지이다.

칭찬은 불가능을 가능케 만드는 기적의 힘을 가지고 있다. 칭찬을 많이 하는 것도 중요하지만 제대로 잘 하는 것이 더욱 중요하다. 칭찬을 잘하는 것은 능력이다. 능력과 결과에 대한 칭찬보다는 노력과 과정에 대한 칭찬이 바람직하다.

사람에게는 우수한 부분과 인정받고 싶은 부분이 있다. 우수한 부분보다 인정받고 싶은 곳을 칭찬하는 것이 상대방이 호의를 갖게 하는 최고의 약이다. 상대방이 인정받고 싶어 하는 것을 칭찬해라. 인간 본성의 심오한 원칙은 인정받고 싶은 욕구이다. 칭찬을 받고 싶어 하는 것을 발견해야 한다. 대개 우수하거나 인정받고 싶은 것을 화제에 올리는 법이다. 급소인 그곳을 칭찬하면 상대방도 호의를 베푼다. 그 사람이 즐겨 화제로 삼는 것을 주의하여 관찰해라.

칭찬은 인간관계의 윤활유와 같고, 상처에 치료제를 발라주는 것과 같다. 칭찬은 인생을 춤추게 한다. 뒤에서 칭찬하는 것이 더 큰 기쁨을 줄 수 있다. 칭찬한 대상에게 칭찬한 말을 전해 줄 사람을 찾아야 한다. 그 사람은 확실히 전달할 뿐만 아니라 과장해서 칭찬할 것이다. 그 말을 전달함으로써 덕 볼 사람을 선정해라.

믿음이 곧 칭찬이다. 믿어주는 것이 사람을 움직이는 가장 큰 힘이다. "믿음이 가게 해야 믿어주지!"라고 할 수 있겠지만 믿어주는 것이 먼저다. 믿어주면 믿음이 가게 행동하려고 노력한다. 믿어주는 것이 최고의 칭찬이다.

칭찬과 비판은 양날의 칼과 같다. 한쪽으로 치우치면 대상을 다치게 하는 무기가 된다. 칭찬은 삶의 활력소가 되기도 하지만 지나친 칭찬은 추진력을 잃게도 만든다. 비판은 비판당하는 대상을 상처 입히고 좌절하게 만들지만 과분한 칭찬은 대상을 자만 속으로 빠뜨려 몰락하게 만든다. 자만에 빠져 있는 사람에겐 정직한 지적을, 좌절에 빠져 있는 사람에겐 일어설 수 있는 격려를 해라.

타인에게 손가락질 할 때 나머지 세 손가락은 자신을 향한다. 검지는 상대를, 중지, 약지, 새끼손가락은 자신을 가리킨다. 나머지 엄지손가락은 하늘을 향해 신의 심판을 청구하고 있다. 질책보다 자책이 세 배나 중요하다는 뜻이다. 인간은 다른 사람을 비난하는 경향이 있다. 비난하기 이전에 이해하려고 노력해야 한다.

자기 집 대문 앞이 지저분한데 옆 집 지붕 위의 눈에 대하여 비난하지 마라.

비난은 한 번에 세 사람에게 상처를 준다. 비난하는 사람, 비난을 전하는 사람, 비난을 듣는 사람이다. 가장 심하게 상처를 입는 사람은 비난을 한 사람이다. 비난이 배어있는 사람은 날카로운 칼을 쥐고 있는 사람이다. 칼에 아픔을 당한 사람들은 함께 하지 않으려 할 것이다. 남을 비난하는 그 순간 마음은 결코 행복하지 않을 것이다. 시기하거나 비난하는 마음은 그 자체가 불행이다.

비난은 위험한 짓이다. 자존심에 상처와 손상을 입혀 원한을 불러일으키기 때문이다. 원한을 사고 싶은 사람은 신랄하게 비난해라. 비난은 쓸모없는 짓이다. 비난은 상대방을 방어적 입장에 서게 하면서 정당화하도록 안간 힘을 쓰게 하기 때문이다.

상대하는 대부분의 사람은 논리적이지 않다. 감정의 동물이고 심지어 편견에 가득 차있다. 자존심과 허영심에 의하여 행동한다는 것을 명심해라. 비난의 내용이 맞고 안 맞고를 떠나 지위가 높든 낮든 모든 사람은 비난보다 인정을 받을 때 더욱 노력하고 더욱 훌륭한 성과를 거둔다. 비난이 아니라 인정하고 격려해라.

전 세계를 한바탕 웃게 했다

싸이는 어렸을 때부터 남들을 웃기면서 주목받기를 원했다.

"어렸을 때 저의 오직 관심은 여자들한테 멋지게 보이는 거였어요. 그게 유일한 관심사였죠. 제가 멋지게 보이지 않는 걸 알았기 때문에 저는 멋지게 보이는 걸 개발해야 했는데 웃기게 말하고 춤추고 노래하고 웃긴 걸 하는 거였어요. 웃기고 미소 짓게 하는 게 멋진 남자가 되게 한다는 생각이었죠. 그래서 그런 것들을 오랫동안 했어요."

싸이는 가수 활동을 하면서 탁월한 유머감각을 유감없이 발휘했다. 특히 자신의 뮤직비디오에 웃음을 유발하는 장치를 많이 넣었다. 그는 가수로서 당연히 대중들에게 즐거움과 웃음을 선사해야 하지만 그가 대중들에게 우습게 보이는 것이 통한다고 생각한 것은 데뷔 후 첫 TV 출연에서였다.

싸이가 데뷔 후 TV에 첫 출연하자 많은 시청자들이 싸이가 추는 춤을 시청했다. 그는 춤을 추기가 편하게 재킷 안에 팔이 없는 민소매 셔츠를 입었는데 방송 스튜디오가 더워서 생방송 공연 중에 재킷을 벗었다. 팔뚝이 그대로 드러나게 되었는데 시청자들의 관심과 인기를 끌었다. 그는 우스꽝스럽게 보이는 것이 통한다고 생각하고 그 후 가수 활동을 하면서 웃음을 유발시키기 위해 노력했다.

〈강남스타일〉의 가장 큰 의미는 전 세계를 한바탕 웃게 했다는 것이다. 싸이는 〈강남스타일〉의 성공 요인을 "의도한 것도, 노림수도 없었어요. 최대한 우스꽝스러워지려고 했던 노력이 언어의 벽을 넘어 세계인들에게 통한 것 같아요. 다 웃겨서 시작된 일이고 전 세계인들이 좋아하는 감정이 웃음이니까 통한 것 같습니다" 라고 했다. 싸이는 〈강남스타일〉의 뮤직비디오를 전 세계인들이 좋아하는 감정인 '웃음' 유발을 바탕으로 만들었다. 폭소를 자아낼 만큼 재미있고 웃기게 만들어 폭발적인 열풍을 불러일으킨 것이다.

싸이는 〈강남스타일〉 후속곡에 대해 "다음 곡은 제가 좀 더 웃겨 보이게 될 겁니다. 그들이 저와 〈강남스타일〉을 하나의 상품으로 선택했고 웃겼기 때문이죠. 일부 뮤지션 가수들은 웃기게 보이는 걸 안 좋아해요. 저는 음악으로 즐겁게 하는 건 가장 강력한 언어라고 생각합니다"라고 말했다.

웃음은 영혼의 음악이다. 얼굴은 마음의 움직임과 상태를 예민하게 반영하는 부분이다. 웃는 얼굴은 보석이며, 찡그린 얼굴은 오염 물질이다. 웃음은 인생이라는 토스트에 바른 잼이다. 잼이 빵의 풍미를 더해주고, 빵을 마르지 않게 하며, 삼키기 쉽게 해주듯이 웃음은 삶에 맛을 더해주고 메마르지 않게 하며 즐겁게 살만한 세상이 되게 해준다. 웃음은 아무리 웃어도 비용이 들지 않고 줄어들지 않는 보물이다.

웃음은 사람을 다가오게 하는 마력이 있다. 웃으면 상대방이 편안해지면서 마음의 문이 열린다. 매력적으로 아름답게 웃는 얼굴은 상대방에게 호감을 주면서 자신과 상대방의 마음까지 행복하게 만든다. 웃는 사람은 개방적인 사람이며 친절한 사람이며 늘 즐겁고 행복한 사람이라는 이미지를 주어 상대방 마음의 문을 열게 하는 것이다. 웃음은 자신과 상대방을 밝게 만드는 마술이다.

유머감각이 뛰어나면 성공의 사다리를 더 빨리 오를 수 있다. 평판이 좋고 사랑받는 사람은 멋진 미소의 소유자이다. 유머감각이 있는 사람은 좋은 인간관계를 유지하기 때문에 사람에 대한 영향력도 커진다. 웃음의 힘은 운명을 바꾸어 놓을 수도 있다. 웃음의 위력을 알지 못하면 결코 성공할 수 없다. 성공하고 싶으면 많이 웃어라.

행복하기 때문에 웃는 것이 아니라 웃기 때문에 행복해진다. 웃음은 삶에 화를 쫓아내고 복을 부르는 기적을 가져오는 열쇠이다. 웃음은 내면에 있는 긍정 에너지가 발현되는 것이다. 웃음은 뇌에서 생성되는 호르몬인 엔케팔린과 엔도르핀을 분비시켜 고통과 긴장, 우울증을 없애 준다. 인생이 아무리 힘겹게 느껴지더라도 웃을 수 있다면 무엇이든 이겨낼 수 있다. 삶과 자신에 대해 웃을 수 있는 사람이 돼라.

웃음이란 무조건 밝고 좋은 것이란 고정관념을 갖지 마라. 볼품없이 지나치게 큰 소리로 웃으면 안 된다. 큰 소리로 웃는 것은 하찮은 일에서밖에 기쁨을 찾지 못하는 사람이라는 것을 증명하는 꼴이다. 보기 싫게 박장대소하는 것은 천박한 짓이다. 툭하면 껄껄대고 웃는 것은 천박하다는 것을 내보이는 짓이다. 분별 있는 사람은 천박하게 웃기지도 않고, 웃지도 않는다. 웃더라도 될 수 있는 한 소리를 줄이고 미소 짓는다.

천한 장난이나 시시한 일을 보고 깔깔거리고 웃지 말아야 한다. 쓸데없이 얘기를 하면서 웃지도 말아야 한다. 실실 웃으면서 얘기하면 상대방에 대한 비웃음으로 오인된다. 웃을만한 가치가 있을 때 마음이 풍요로워지고 표정이 밝은 자연스런 웃음을 지으라.

<강남스타일>의 성공 후에 TV 예능 프로그램 《무한도전》에 출연한 싸이는 개그맨 노홍철에게 마돈나와 공연한 것을 거론하면서 "마돈나가 날 만나 말한 첫 마디는 무대에서는 내 몸 어디든 만져도 된다고 했어. 그래서 마음껏 만졌다"고 밝혀 웃음을 자아냈으며 "말춤만 몇 개월째 추고 있다. 이러다 진짜 말이 될 것 같다"고 말해 유머감각을 발휘했다.

유머감각은 재능이다. 유머를 구사하는 사람은 관대함과 여유를 느끼게 한다. 유머는 원활한 대화와 좋은 인상을 남길 수 있는 기제이다. 재치 있는 유머 한 마디로 귀찮은 일에서 벗어날 수도 있다. 유머감각이 있는 사람은 자신을 주목하게 만든다.

유머를 발휘하여 온화함을 보이면 사랑을 받는다. 유머감각은 조금만 다르게 보고, 조금만 관심을 기울이면서 노력하면 일취월장할 수 있는 분야다. 유머감각을 발휘하겠다는 열정을 발휘하라.

유머는 개방적이고 유연한 내면에서 배어나와 사고의 창의성과 유연성을 보여주어야 한다. 유머는 타인을 기쁘게 하기 위해서 사용하고 마음을 상하게 하기 위해서는 사용하지 마라.

잘 담근 간장이나 소스도 그것만 먹으라면 괴로워진다. 유머는 어디까지나 양념이 되어야 한다. 농담할 때도 지혜와 품위에 대한 존중을 잃지 말아야 한다. 농담만 지껄이는 사람은 거짓말쟁이와 같은 취급을 받는다. 거짓말과 농담에서는 진실을 알 수 없기에 믿지 않는 것이다.

분별없는 농담을 많이 하면 진지하게 말할 때도 믿지 않는다. 항시 익살꾼의 역할을 하는 것보다 더 부적당한 것은 없다. 지혜로우면서 때때로 재치 있는 자라는 평판을 듣도록 하라. 한 순간 농담을 하더라도 대부분의 시간은 진지함에로 돌려야 한다.

PSY의 인간관계

　싸이는 음주와 놀이를 즐긴다. 그러니 친구도 많고 인간관계도 좋다. 연예계의 마당발이다. 〈강남스타일〉 뮤직비디오에는 유재석, 노홍철, 걸그룹 포미닛 현아가 카메오로 출연하고 있으며 〈강남스타일〉이 수록된 싸이의 정규 6집 앨범 《싸이육갑 Part 1》에는 지드래곤, 리쌍, 성시경, 박정현, 김진표, 윤도현 등 화려한 피처링 군단이 참여해 싸이의 미친 인맥을 자랑했다.

　싸이는 재벌가를 아우르는 인맥을 가지고 있다. 현대카드 정태영 사장은 싸이와 친분을 과시했다. 정태영 사장은 자신의 트위터를 통해 싸이와의 가상대화로 '슈퍼콘서트 내한공연 한 번? 요즘 비싼데 내수가격으로 안 되겠음? 뉴욕스타일 아님 곤란한데 한국

안 올거임?' 이라는 글을 올렸다. 싸이는 정태영 사장의 트위터 글에 반가움을 표하며 '안녕하시죠?' 라고 글을 남겼고 곧바로 정태영 사장은 '벌써 트윗 읽고 진짜 연락오심? 요즘 뉴스만 봐도 신나요' 라고 응원했다.

싸이와 정태영 사장과의 인연은 싸이가 공연 업계에 긴 시간 몸담으며 쌓았다. 정태영 사장은 평소 공연문화에 지대한 관심을 보이며 2007년부터 카드사로서는 이례적으로 해외 대형 뮤지션들의 내한공연을 기획, 제작해 《현대카드 슈퍼콘서트》라는 공연 브랜드를 성공적으로 안착시켰다.

정용진 신세계그룹 부회장도 자신의 페이스북에 '어렵게 받은 싸이의 싸인' 이라는 글과 함께 싸이에게 받은 사인을 공개해 화제가 됐다. 특히 두 사람의 친분은 싸이가 사인과 함께 적은 한 줄의 문장으로 빛을 더했다. 싸이는 'TO. 정용진 씨. 열심히 하세요!' 라고 크게 적었다. 싸이와 정용진 부회장과의 나이 차이는 9살이지만 두 사람이 얼마나 막역한 사이인지 보여주는 대목이다. 이에 대해 정용진 부회장 역시 '싸이의 말대로 열심히 하련다. 싸이야 파이팅, 넌 정말 한국을 대표하는 사나이' 라는 글을 덧붙였다.

두 사람의 인연은 2010년으로 거슬러 올라간다. 정 부회장이 당시 신세계 1년차 대상 사원연수에 초청된 싸이와 만나며 두 사람의 우정이 시작된 것이다. 나이를 떠나 두 사람이 서로에 대해 좋은 호감이 있고 성격이 잘 맞아 첫 만남 이후 개인적으로 만나면서 우정을 쌓아왔다고 한다.

현대자동차 정의선 부회장 역시 싸이와 돈독한 관계다. 정의선 부회장은 싸이의 미국 진출에 단순히 응원에 그치지 않고 실질적인 지원까지 아끼지 않았다. 싸이가 미국에 진출하여 활동하는 모든 스케줄에 현대자동차를 무상으로 지원해주고 있다.

싸이와 재계 주요 인사들과의 친분은 어떤 사람들과도 자연스럽게 잘 어울리는 싸이의 성격 때문이며 만나면 지극히 개인적인 이야기들을 나누며 시간을 보낸다고 한다.

싸이는 〈강남스타일〉의 성공으로 월드 스타가 된 후 세계적인 팝스타 어셔와 폭탄주를 하면서 자신에게 형이라 부르게 했고 합동 공연한 세계 최고의 팝스타 마돈나를 "마 선배, 마 누님"이라 부르는 친화력을 발휘했다.

싸이는 "한번 인연을 맺으면 상대방이 저를 싫어하기 전까지 만난다"고 하면서 훈련소와 군대에서 알게 된 옛 병사들과 지금도 만난다고 한다.

진정한 만남은 상호간의 눈뜸이다. 영혼의 진동이 없으면 그건 만남이 아니라 한때의 마주침이다. 살다보면, 걷다보면, 스치다보면 아주 짧은 순간 서로 알아보고 운명적인 만남이 되어 삶의 전부를 나누는 인연이 된다. 한 순간의 섬광 같은 인연이 삶의 방향과 인생과 운명을 바꾸어 놓는다. 불행에서 행복으로 절망에서 희망으로 바뀔 수 있다.

인간관계는 공기만큼 중요하다. 좋은 사람을 만나는 것은 신이 내리는 선물이다. 기쁨, 슬픔, 공포, 성공을 함께 나눌 수 있는 사람들이 필요하다. 사람의 인연은 등산길이다. 발길을 자주하면 길이 만들어지지만 줄거나 끊기면 사라지듯이 정성으로 만나면 건강한 인연인 등산길이 되지만 정성을 다하지 않으면 잡풀이 길을 덮어버려 인연이 끊긴다. 인연을 지속시키지 않는 것은 신의 선물을 내팽개치는 것이다.

이 세상에서 혼자서 할 수 있는 일은 없다. 처음으로 쇠가 만들어졌을 때 세상의 모든 나무들이 두려움에 떨자 어느 생각 깊은 나무가 "두려워할 것 없다. 우리들이 자루가 되어주지 않는 한, 쇠는 결코 우리를 해칠 수 없는 법이다"라고 말했다. 쇠가 아무리 강해도 나무자루가 없으면 힘을 쓰지 못하듯이 사람도 아무리 재능이 많아도, 아무리 재물이 많아도 누군가 자루가 되어주지 않으면 제대로 능력을 발휘하지 못한다.

먼저 가까운 사람에게 더 잘해라. 가까이 있는 사람을 제대로 인정해 주어야 한다. 행복도 불행도 가까운 사람을 통해 다가온다. 자신을 세우는 사람도 무너뜨리는 사람도 가까운 데 있다. 멀리 있는 사람이 쓰러뜨리는 것이 아니다. 멀리 있는 사람이 위대하게 만드는 것이 아니다. 가까운 사람을 기쁘게 하면 멀리 있는 사람도 찾아온다.

가까운 사람을 사랑하는 기술을 터득해야 한다. 시간을 내어 가까운 사람들에게 애정을 표현하고 인정해주어라. 그들이 얼마나 소중한지 표현해라. 표현을 하지 않아도 사랑을 상대방이 알 것이라고 단정하지 마라. 직접 말로 표현해라. 사랑한다는 말은 아무리 많이 해도 지나치지 않다.

지금은 네트워크의 시대다. 어디에 소속되어 있느냐, 어떤 사람과 인생길을 함께 가느냐가 삶의 질을 결정한다. 네트워크에의 참여를 주도적으로 성취하는 삶을 살아야 한다. 자신이 먼저 '좋은 사람'이 되어야 '좋은 사람들'의 네트워크에 소속될 수 있다.

성공의 85%는 지식이 아니라 아는 사람 덕분이다. 실력을 기르지 않고 인맥에만 힘을 쏟는 것도 문제지만, 능력은 있으나 인맥을 소홀히 하는 것도 바람직하지 않다. 젊었을 때는 돈을 빌려서라도 인맥을 만들어야 한다. 인맥 구축에 투자를 아끼지 말아야 한다. 상대를 도와서 나를 이롭게 하는 것이 인맥 관리의 지혜이다. 능력을 키우면서 인맥을 관리해라.

한 사람의 인간관계 범위는 대략 250명 수준이다. 한 사람을 250명 보기와 같이 해라. 한 사람을 감동시키면 250명을 추가로 불러올 수 있다. 반면에 한 사람의 신뢰를 잃으면 250명을 잃는 것이다. 모든 사람에게 예의를 다하고, 많은 사람에게 붙임성 있게 대하고, 몇 사람에게 친밀하고, 한 사람에게 벗이 되고, 아무에게도 적이 되지 마라.

삶은 관계 속에서 이루어지는 것이기 때문에 관계가 어떠한가를 돌아보는 것은 삶을 돌아보는 과정과 같다. 물은 어떤 그릇에 담느냐에 따라 모양이 달라지지만, 사람은 어떤 사람을 따라 운명이 결정된다. 좋은 인간관계를 맺으면 잘 되지만, 잘못된 인간관계를 맺으면 일생동안 헤어날 수 없는 늪에 빠지기도 한다.

누군가 앞길에 재를 뿌리는 사람이 있다면 멀리해라. 자칫하면 꿈은 날아가고, 전진할 수도 성장할 수도 없게 된다. 인간관계를 할 때 인생 항해에 순풍 역할을 할 사람인지, 움직이지 못하게 하는 닻의 역할을 할 사람인지 생각해 보라.

인간관계에 있어서 많은 사람들이 뭔가를 얻기 위해 시작한다. 사람들은 자신을 기분 좋게 해줄 사람들을 찾고자 애쓴다. 하지만 인간관계가 지속되는 유일한 방법은 무언가를 얻는 것이 아니라 무언가를 주는 것으로 바라보는 것이다. 얻으려 하지 말고 먼저 주어라. 만남의 지평을 넓히기 위해 먼저 다가가야 한다. 누군가를 위해 곁에 있어주는 것부터 시작해라.

인간관계는 마음이 맞지 않으면 서로에게 상처를 입히지만 마음이 맞으면 어떤 어려운 일도 함께 도모하여 성공시킨다. 인간관계는 춤을 추듯 리듬을 타고 상대를 배려해야 한다. 상대의 스텝에 자신을 맞추어야 원활하게 잘 이루어진다. 상대에 대한 존중과 배려로 훈훈한 인간관계를 유지해라.

인간관계를 깨트리는 요소는 비판과 경멸, 변명과 책임회피다. 상대방의 장점보다 단점이 먼저 보이면 인간관계에서 실패한다. 상대방의 장점을 먼저 보는 연습은 좋은 인간관계의 씨앗이다. 인간관계가 좋지 않다면 스스로에게 물어보라. 비판을 많이 하고 자주 비웃거나 경멸하는 태도는 없는지, 변명으로 일관하거나 책임을 회피하는지 살펴보라.

싸이는 친구 사귀기를 좋아하고 친구가 많다. 친구는 인생에서 소중한 보물이다. 좋은 친구 한 사람 만나는 것이 인생의 축복이며 행운이다. 만남으로 친구가 되는 것이지만 만남이 꼭 친구로 연결되지는 않는다. 좋은 친구를 만나는 것은 더욱이나 어렵다. 좋은 만남을 위해서는 자신을 가꾸고 다스려야 한다. 좋은 친구를 만나려면 자신이 먼저 좋은 친구감이 되어야 한다. 친구란 부름에 대한 응답이기 때문이다. 먼저 손을 내밀어 좋은 친구를 만들어라.

'영혼의 친구'가 있는가? 영혼까지 깊이 이해할 수 있는 친구, 인생을 좋은 방향으로 바꿔놓을 수 있을 정도로 영향을 끼치는 친구인 영혼의 친구를 사귀어야 한다. 영혼의 친구는 평생에 한두 번 나타날까 말까 한 특별한 친구다. 좋은 꿈을 가지고 열심히 살거나, 모든 일에 기쁜 마음으로 최선을 다하다보면 어느 날 선물처럼 만날 수 있다.

친구에게 좋아한다고 말해 본 적이 있는가? 친구의 우정에 감사한 적이 있는가? 친구니까 우정이 당연하다고 생각해서는 안 된다. 우정에 대한 감사의 표현을 하면서 우정에 자양분을 수시로 주어야 한다.

친구가 많다는 것을 자랑할 일은 못된다. 친구는 얼마나 많으냐가 아니라 어떤 사람이냐가 중요하다. 신뢰할 수 있고 의지할 수 있고 본받을 수 있는 친구가 있느냐가 관건이다. 친구를 사귀는데 있어서 중요한 건 질이지 양이 아니다.

친구 사이에 적절한 거리를 유지하는 것에 신경을 써야 한다. 누구나 침범당하지 않았으면 하는 개인적인 영역이 있기 때문이다. 아무리 가까운 친구라고 해도 '선을 넘으면' 관계가 오래 지속되지 못한다. 친구 사이에도 예의가 중요하다. 친해지면 자칫 소홀해지기 쉽다. 가까워질수록, 익숙해질수록 더 조심하고 배려해야 한다. 그래야 친한 사이가 더 오래간다.

성공하게 되면 가짜 친구와 진짜 적들이 생길 것이다. '지위 친구'와 '인생 친구'를 혼동하지 말아야 한다. '지위 친구'는 진정한 친구가 아니다. 좋은 친구는 '지위 친구'가 아닌 '인생 친구'

다. 지위나 성공을 보고 찾아온 사람이 아니라, 꿈을 함께 하며 미지의 먼 길을 같이 걸어가는 사람이다. '인생 친구'는 마음이 통하고, 함께 있으면 더욱 빛이 난다. 진정한 우정은 오랜 기간 동안 서로를 이해한 후에 이루어지고 쉽게 뜨거워지지 않고 쉽게 식지 않는 우정이다.

"누구를 친구로 사귀고 있는지 가르쳐 달라. 그러면 네가 어떤 사람인지 알아맞혀 주겠다."

동물은 같은 종류끼리 모이고, 사람은 같은 무리끼리 나뉜다. 좋은 친구는 본받을 만한 밑천을 가진 사람이며 나쁜 친구를 만나면 심각한 좌절에 빠지게 될 것이다. 부도덕하거나 어리석은 자와 친구이면 같은 평가를 받는다. 이런 자와 어울려 위험에 빠지거나 명성을 희생하지 마라. 접근해 오면 눈치 채지 않게 몸을 피하되, 필요 이상으로 냉담하게 대하여 적을 만들지 마라.

잠시 동안 뜨겁다가 식어버리는 이름만의 친구가 있다. 오늘의 이름만의 친구가 내일의 적이 될 수 있다. 그것도 가장 나쁜 적이 될 수 있다. 우정의 변절자에게 무기를 쥐어주어 나중에 피비린내 나는 싸움을 걸어오는 일이 없도록 해라. 언제나 관용과 화해의 문을 열어두라. 영원히 사랑하지도 말고 영원히 미워하지도 마라.

싸이가 여러 번에 걸친 시행착오와 실패 대마초 구속, 군 복무 두 번 등 가수로서의 생명이 끝날 수도 있는 상황에서 재기했다. 이는 그의 긍정적인 사고와 함께 친화력을 발휘한 인간관계를 통한 주변 사람들의 도움이 있었을 것이다.

주저앉지도 서지도 걷지도 못하고, 아예 무너져 버릴 수도 있는 위기의 순간에 혼자서 견디어내려 하면 더욱 힘들어진다. 누군가에게 도움을 청해야 한다. 어려우면 어렵다고 말하고 아프면 아프다고 말해야 한다. 그래야 도울 사람이 나타나고 해결 방법이 나온다. 사람은 때때로 부탁하며 살줄도 알아야 한다. 부탁하는 것은 주위에 누군가가 있다는 뜻이며, 사람과 사람 사이에 끈끈한 정이 흐르고 있다는 증거이다.

부탁처럼 쉬운 일도 없고 이처럼 어려운 일도 없다. 부탁하는 사람은 5분 동안 자존심이 상할 수도 있지만 부탁하지 않은 사람은 평생 동안 자존심이 상할 수도 있다. 부탁하면 최소한 원하는 것을 얻을 수 있는 기회가 주어지지만 부탁하지 않으면 그 기회조차 주어지지 않음을 명심해라.

목표를 이루고자 하는 사람은 부탁에 익숙해 있다. 자존심을 내세우지 말고 항상 마음을 열어 놓아야 한다. 자신보다 나은 사람에게 부탁하는 것을 부끄러워하지 마라. 부탁하지 않는 사람은 어떤 일도 해내기 어렵다. 부탁할 줄 알라.

부탁을 할 때는 그때그때 알맞은 수완이 필요하다. 부탁받는 사람이 좋은 기분일 때를 놓치지 마라. 기쁜 날이면 호의가 용솟음친다. 하지만 다른 사람이 먼저 청하여 거절당한 일은 거절이 예견되는 것이므로 그에게 다가가면 말빚만 지게 된다. 거절당할 것이 두려워 부탁하는 것을 주저하지 마라. 거절에 좌절하지 않고 다시 용기를 내어 손을 내밀어라. 계속하여 문을 두드리면 언젠가는 문이 열릴 것이다.

부탁하는 자세는 매우 중요하다. 부탁할 때 괜한 자존심이 발동되어서는 안 된다. 예의를 갖추어야 한다. 공손한 표현이 마음을 움직인다. 상대방을 높이고 자신을 낮추는 태도가 필요하다. 간절하게 부탁하는 인간미 넘치는 말 한마디가 필요하고 중요하다. 인정과 의리를 보다 중시하기 때문에 딱딱한 원리 원칙을 줄줄이 늘어놓는 것보다 인간적인 면으로 호소하는 것이 낫다.

부탁은 하되 하소연을 하지 마라. 하소연은 명망을 해친다. 하소연해도 동정하지도 않고 힘이 되어 주지도 않으며 난처해하고 당황해 할 뿐이다. 입에서 하소연이 나오려 할 때에 입 밖에 낸 하소연들 중에서 해결된 것이 있는지 생각해 보라. 그러면 아마도 허무함만이 기억될 것이다. 동정에서 위안을 구하기보다는 자신의 담대함을 심어주라.

어떤 이는 부당한 처우를 한탄하여 새로운 부당함을 유발하며,

도움과 위안을 구하려다 남모를 경멸감만 불러일으킨다. 불평하거나 쓸데없이 한탄하며 체력을 낭비하지 마라. 씩씩하게 헤쳐 나가는 길을 따라 피어있는 꽃을 거두어들여라.

한 사람에게서 얻은 호의를 다른 사람에게 자랑하여 그에게도 유사한 감정을 갖게 하는 것이 더 현명하다. 자리에 없는 사람들에게 감사를 표함으로써 면전의 사람들에게도 감사받고 싶은 마음이 들게 해라.

실패했다하더라도 인간관계는 유지해라. 뒤로 물러나 인간관계에 거리를 두는 것은 완전한 패배와 입맞춤하는 것이다. 지인들에게 다가가야 한다. 결코 사람들의 시야에서 사라지지 말아야 한다. 움츠리지 말고 활발하게 모습을 드러내는 것은 재기를 위한 필수적인 요소이다. 누구든지 결코 혼자가 아니다. 같은 입장에 있었던, 같은 입장에 있을 수 있는, 현재 상황에 도움을 줄 수 있는 많은 사람들이 있다. 홀로 해결하려 하지 말고 주위 사람들과 함께 해라.

"남의 덕이며 제 잘못입니다"

싸이는 〈강남스타일〉이 성공하여 월드 스타로 부상했는데도 겸손한 자세를 잃지 않았다.

"제 이전에도 많은 케이 팝K-POP 가수들이 있었어요. 대부분이 솔로가 아닌 남성그룹, 걸그룹이었지요. 솔직히 저는 12년 동안 한국만을 위한 가수였고 한국에서 활동했어요. 국제적인 가수가 되려는 그 어떤 노력도 하지 않았어요. 뮤직비디오를 유튜브에 올린 게 전부였습니다. 참 행운아죠. 저는 전 세계적인 엄청난 성공이 제 것이 아니라고 생각해요. 저는 한국에서 온 누군가가 전 세계적으로 유명해지는 것이 제가 될 것이라곤 전혀 생각하지 않았어요. 요새 이 나라 저 나라에서 세계적인 현상이 된 것은 부수적이라고 봅니다. 제 것이 아니라고 봅니다. 저는 이걸 성공으로 부르지 않아요. 〈강남스타일〉은 내가 만들었지만 〈강남스타일〉 현상은 내가 만든 것이 아닙니다. 사람들이 클릭하고, 선택하고, 패러디하고 그들이 만든 겁니다. 따라서 이건 성공이 아니라 그저 현상입니다."

겸손은 자신을 낮추는 것이 아니라 자신을 세우는 것이다. 교만의 반대편에 선 미덕이 겸손이다. 인간은 누구나 교만해지기 쉬운 존재다. 교만하지 않고 겸손하려고 노력해야 한다. 진정으로 용기 있는 사람만이 겸손할 수 있다. 용기와 힘을 함께 갖춘 사람은 결코 교만하지 않다. 교만은 성공의 독이며 해독제는 겸손이다.

스스로 높아지려 한다고 해서 높아지는 것이 아니다. 자기 스스로 높은 곳에 앉은 사람을 신은 아래로 밀어내고 스스로 겸손한 사람을 부축해 올린다. 물이 바다로 모이는 것은 바다가 낮은 곳에 있으며 모든 물을 수용할 수 있는 역량이 되기 때문이다 항상 자기가 설 곳보다 조금 낮은 장소를 택해라. 타인으로부터 내려가라는 말을 듣는 것이 아니라 올라가라는 말을 듣도록 해라.

벼는 익을수록 머리를 숙인다. 힘이 있는 사람의 겸손은 진심이며, 약한 사람의 겸손은 비굴함으로 비쳐질 수 있다. 힘이 있는 사람만이 겸손할 자격을 갖는다. 겸손은 결코 비굴이 아니다. 겸손하게 행동하되 비굴하지 마라.

어떤 이는 자신이 중요한 일을 하고 있는 것처럼 보이려 한다. 자신이 하는 모든 일을 신비롭게 꾸미는 것은 야비한 짓이며 사람들에게 웃음거리를 제공한다. 허영은 어떤 것이든 역겨운 것이며 우습기까지 하다. 중요한 사람인 척하지 말고 중요한 사람이 되라. 영웅처럼 보이려 애쓰기보다는 영웅이 되기 위해 분투해라.

자신이 지닌 장점을 과시하듯 내세워서는 안 된다. 자기과시는 미움을 사며 시기심을 유발시킨다. 과시하는 지위나 위엄이 다른 이의 감정을 상하게 한다. 자신은 행동으로 만족하고 그에 대한 얘기는 남들에게 맡기라. 행동에 전념하고 이로써 무엇을 사려고 하지 마라.

지위가 높을수록 걸 맞는 명망이 요구되며, 명망이 없이는 지위를 위엄 있게 행사할 수 없다. 과시하지 말고 필요한 명예를 지키라. 극단적인 상황에서도 겸손함을 잃지 마라. 인간의 정신은 가혹한 행위에는 저항하고 따뜻한 마음에는 굴복하도록 만들어졌다. 물이 불의 사나움을 누그러뜨리듯 겸손함은 화를 누그러뜨린다.

남이 반갑게 인사한다고 해서 자기를 훌륭하게 여기기 때문이라고 생각하지 마라. 남이 자기의 말에 참으며 반대하지 않고 그대로 따른다고 해서 자기를 존경하기 때문이라고 생각하지 마라. 남이 은혜를 베풀어주는 것을 자기를 사랑하기 때문이라고 생각하지 마라. 남이 겸손해 하는 것을 자기에게 경의를 표하기 때문이라고 생각하지 마라. 남의 존경은 바랄수록 작아진다. 존경은 타인들의 생각에 달려있기 때문이다. 존경은 취하는 것이 아니라 기다려서 얻어지는 것이다. 존경을 얻기 위해 달려들지 말고 다른 이의 존경심이 무르익도록 해라.

팔방미인이 되려 하지 마라. 팔방미인이 되려는 노력은 역겨움을 산다. 아무런 쓸모가 없다는 것은 커다란 불행이지만, 매사에 쓸모 있는 사람이 되려는 것은 더 큰 불행을 낳는다. 팔방미인은 너무 많은 것을 얻은 결과 잃게 되고, 처음에 그를 원하던 모든 이의 미움을 사게 되며, 드문 사람이라고 존경받지 못한다. 결국엔 모든 능력을 탕진하여 천한 사람이라 멸시를 받는다. 그러한 극단을 피하는 방책은 영광을 누릴 때 절제하는 것이다. 완전함에도 지나침은 있는 것이니 절제를 지키라. 자기표현을 아끼면 더 높은 평판을 얻게 된다.

싸이는 솔직하다. 방송에 출연하여 말하는 걸 들어보면 과장이나 꾸밈이 없다. 과장은 거짓말과 가까운 사이다. 과장은 호기심을 일깨우고 욕망을 자극하지만 나중에는 가치와 대가가 서로 어긋나버린다. 배반당한 기대는 그 허위를 적으로 삼으며 과장한 자를 하찮게 여긴다. 과장으로 인해 사람들은 명성을 잃게 된다. 과장하여 최상급을 사용해 말하지 마라. 그래야 진리를 손상하지 않고 분별력도 지킬 수 있다.

머리가 지나치게 명석하면 사람들이 두려워함에도 불구하고 사람들은 예사로 명석함을 자랑한다. 명석함이 지나치게 많으면 사람들이 질시하므로 드러내고자 안달하면 머잖아 자멸을 면하지 못한다. 두뇌는 명석해지도록 충분히 연마해 두어야 하지만 그 명석함은 드러내지 않고 느긋하게 간직하고 있어야 한다.

예로부터 화를 당하는 사람은 대부분 두뇌가 명석한 사람이다. 느긋한 사람이 화를 당하는 경우는 극히 드물다. 친구를 얻고 싶은가? 적을 만들고 싶은가? 적을 만들기 원한다면 내가 그보다 잘났다고 말하고 다녀라. 친구를 얻고 싶다면 그가 나보다 뛰어나다고 느끼게 해주어라.

겸손은 인생에서 성공하기 위한 열쇠다. 교만은 인간관계의 뺄셈법칙이고 겸손은 인간관계의 덧셈법칙이다. 재능이 칼이라면 겸손은 그 재능을 보호하는 칼집이다. 뛰어난 재능은 인물을 돋보이게 하지만 적을 만들기도 한다. 겸손한 사람이 하는 일은 공감하지만 교만한 사람이 하는 일은 시기하기 쉽다. 겸손은 남이 시기해 진로를 방해하지 않도록 도와준다. 겸손 없이 원만한 인간관계가 불가능함을 명심해라.

싸이는 그동안 여러 시행착오와 실패와 시련을 겪었고 마지막 시련으로 장장 55개월의 군 복무를 마쳤다. 두 번의 군복무를 한 어려움이 어떤 것인지를 이해하고 있는 대중들은 대마초 사건으로 재기했을 때보다 더 큰 아량으로 그를 용서하고 받아주었다.

싸이는 무대에서 카리스마 넘치는 공연을 펼치면서도 잘 울기도 한다. 이때 흘리는 눈물의 의미에 대해 싸이는 "이미 가수 생활을 접을 수도 있는 사고를 두세 차례 겪었는데 다시 제자리에서 공연을 하고 있을 때는 문득 '이래도 되는 건가' 하는 생각이 듭니다. 국민들이 저를 용서해 주신 것에 대한 고마움에 눈물이 납니다"라고 말한다. 싸이는 가수 생활을 하는 과정에서 겪은 여러 시련을 통해 용서에 대한 감사함을 간직하고 있다.

싸이는 〈강남스타일〉이 성공한 후 "자신의 과오에 대한 국민의 용서와 용인이 없었다면 〈강남스타일〉도 없었을 것입니다. 국민 여러분께 감사드립니다"라고 했다.

용서는 곧 사랑이다. 고결하고 아름다운 사랑의 형태이다. 용서는 갇힌 에너지를 내보내 선한 일에 쓸 수 있게 한다. 용서의 실천은 자신과 세상을 치료하는데 중요한 기여를 한다. 사랑이 없는 사람은 쉽게 용서하지 못한다. 용서는 평화와 행복을 그 보답으로 준다. 용서함으로써 행복해라!

용서는 쉬운 일이 아니다. 원한에 맺힌 이를 용서한다는 것은 말처럼 쉬운 일이 아니다. 상처는 깊고 오래 간다. 상처를 안겨 준 이에 대한 감정의 골은 쉽게 지워지지 않는다. 사랑을 배반한 과거의 연인, 은혜를 원수로 갚는 사람, 불의와 부정을 저지른 사람이 살아가는 모습을 상상하면 용서가 아닌 미움과 복수의 감정이 앞선다.

복수는 더 큰 불행을 낳는다. 복수심은 타인도 파괴하지만 자신도 파괴시킨다. 성급한 복수가 고통의 근원이 되며 자신이 행한 복수를 기뻐하는 마음이 비탄으로 변할 수 있다. 복수는 일시적인 쾌감을 줄지는 몰라도 죄의식을 남긴다. 복수에서의 승리는 영원한 승리자가 아니다. 복수는 죽은 사람을 상대로 싸움을 하는 것과 같다. 적으로 여기는 사람들은 언젠가는 죽기 마련이므로 결국 사라질 사람들에게 복수하는 것과 마찬가지다. 복수가 아니라 용서를 선택해라.

상처의 진정한 치유는 용서에서 온다. 용서는 마음의 문을 닫아 걸고 있던 걸쇠를 푸는 일이다. 용서하는 마음은 상처 준 이들을 받아들이는 마음이다. 용서는 양심의 쇠사슬에 묶여있던 가해자를 안심시키는 일이다. 용서는 값싼 것이 아니며 삶 속에서 실천하는 큰 수행이다.

상처를 준 사람을 마음에서 놓아주라. 상처를 더 이상 붙들지 마라. 상처를 준 사람을 어떻게 놓아줄 수 있는가? 용서하는 것만이 놓아주는 유일한 방법이다. 용서를 구할 때까지 기다리지 마라. 용서는 상대를 위한 것이기도 하지만 자신 안에 내재되어 있는 분노와 불평으로부터 자유롭게 해주는 것이다. 용서는 결국 자신을 위한 것이다.

용서하지 않으면 분노를 되새김질하게 되고 과거의 기억과 상처에 매달리면서 자신의 노예가 되는 것이다. 용서는 상처를 준 사람에게 넘겨 준 삶의 통제권을 다시 가져온다. 자신의 삶과 행복을 남에게 맡기지 않고 삶의 운전석에 다시 앉게 해준다.

용서하지 않고 상처에 집착하면 마음의 평화가 깨져 자신을 불행하게 만든다. 분노와 미움이 독이 되어 건강을 해친다. 스트레스가 심각해지면 교감신경계가 흥분되어 질병이 생긴다. 용서를 하면 스트레스로 인한 각종 신체적, 심리적 고통이 줄어든다. 용서는 마음의 상처를 치료해주면서 건강해진다. 건강하게 생활하기 위해서라도 용서해야 한다.

용서는 자신을 위해 상처를 떨쳐버리는 것이다. 세상과 타인에 대한 원망과 집착을 벗어날 때 홀가분한 것처럼 용서하면 화가 녹아내리고 상처가 아물어 평온을 되찾는다. 용서는 자신에게 베푸는 은혜이며 사랑이다.

용서를 거부하면 현재는 끝없이 과거에 얽매이게 된다. 그 순간 상처받았던 과거에 삶을 통째로 얽어매놓고는 자신의 존재를 규정하고 갉아먹도록 방치해둔다. 그 상처를, 그 모욕을 끌어안고 틈만 나면 골몰한다. 용서는 과거의 상황이 현재를 지배하지 않도록 가르친다.

어리석은 사람은 용서하지도 않고 잊지도 않는다. 평범한 사람은 용서하고 잊는다. 현명한 사람은 용서는 하되, 잊지는 않는다. 용서는 과거를 잊어버리는 것이 아니라 오히려 기억해야 한다. 용서는 과거를 인식하면서 미래로 나아가는 징검다리이다.

맺힌 것을 풀고 자유로워지면 세상 문도 활짝 열린다. 용서는 세상의 모든 존재를 향해 나아갈 수 있게 한다. 맺히고 막힌 관계를 풀고 어깨동무하며 함께 가야 한다. 용서는 인간관계의 아름다운 마무리이다. 용서를 통해 새로운 인간관계가 이루어진다. 과거를 털어내고 새로운 미래를 향해 건너가라.

싸이의 〈강남스타일〉이 대히트한 후 가수 김장훈과의 불화설이 대두되었다. 싸이는 즉각 김장훈을 찾아갔고, 김장훈은 싸이의 공연장에 찾아와 관중들이 보는 앞에서 러브샷으로 소주를 원샷했다. 서로에게 미안하고 죄송하다고 고백하면서 코끝이 빨개졌다.

'제 잘못입니다' 라는 한 마디 사과를 하기란 결코 쉽지 않다. 자신의 잘못을 인정하는 것은 매우 어렵다. 자신의 권위와 신뢰,

자존심에 상처를 입는다고 생각하기 때문이다. 하지만 사과는 약자나 패자의 변명이 아니다. 긍정적인 사람들의 말이다. 사과할 때 인간은 가장 인간다워진다.

사과가 가져다주는 보상은 매우 크다. 건강한 인간관계, 긍정적 시각, 정신적 육체적 치유 효과가 있다. 상대방의 마음을 열어주어 불편한 인간관계로부터 오는 고통을 사라지게 하며 돈독하게 해주는 역할을 한다. 사과는 잘못을 시인하고 용서를 구하는 행위 이상의 가치를 지니고 있다. 책임질 줄 아는 사람, 신뢰할 수 있는 사람으로 인식되게 한다.

PSY는 쾌락주의자

싸이는 미국 보스턴대학교 국제경영학과에 유학을 가자마자 휴학을 하고 반환 받은 등록금으로 클럽을 출입하면서 음주와 춤과 이성교제를 즐겼다. 싸이는 이때의 경험이 음악 활동을 하는데 많은 도움이 되고 있다고 한다. 만약 그런 경험이 없었다면 감각적인 작사와 작곡을 하지 못했을 것이다. 싸이는 그런 경험에서 우러나온 감각을 가지고 많은 노래를 작사·작곡했다.

싸이는 연예계에서 문어발 연애의 아이콘으로 불리기도 했다. 싸이는 《힐링캠프》에 출연하여 "마흔에 스물넷 여성과 결혼하는 게 꿈이었어요. 마흔에 스물넷 여성이 매력을 느낄만하게 열심히 살자고 생각했어요. 꿈과 달리 서른 살에 결혼했어요. 결혼식 날

신랑 입장 전에 잠시 서 있는 동안 스스로에게 질문했어요. '너 이거 맞냐? 너 이제 놀 것 다 놀았냐?' 자신 있게 스스로에게 대답했어요. '앞으로 발생할 신종 놀이는 모르겠지만 오늘까지 한국에 존재하는 놀이는 다 했다. 가자!' 하고 문 열고 시원하게 입장했어요"라고 말했다.

싸이는 이어서 농담조로 "결혼한 지 6년 정도 됐는데 더 해도 될 뻔 했어요. 아빠, 가장, 남편이란 단어가 나에겐 안 어울려요. 〈강남스타일〉도 오빠 소리 듣고 싶어서 만들었어요. 철이 들면 필Feel이 떨어져요. 철이 들까봐 겁나요. 필Feel을 유지하기 위해 밤공기를 마시고 사람들 많이 만납니다"라고 했다.

싸이의 가수 활동도 사람들에게 쾌락을 선사하는 문화적인 행위이다 쾌락은 감성의 만족이나 욕망의 충족에서 오는 유쾌한 감정을 말한다. 쾌락은 단순히 말초적 감각기관에 대해 느껴지는 감정만이 아니라 자아를 실현하거나 어떤 일에 성공하거나 만족했을 때 느껴지는 지적, 정신적 성취감을 포괄한다.

쾌락은 인간의 활동을 완전하게 하는 기능을 가지고 있다. 쾌락이 행위를 유발하는 동기로서의 긍정적 역할도 하는 것이다. 어떤 행동을 할 때 성취 혹은 성공의 느낌이 바로 쾌락이기 때문이다. 쾌락은 삶의 한 구성 요소로써 행위에 진정한 의미를 갖게 한다.

쾌락은 행동의 부산물로서 그것 자체가 목적이 되어서는 안 된다. 행동의 결과로써 쾌락을 느낄 때 진정한 보람과 의미를 느낄 수 있는 것이다. 인간은 행복 추구를 삶의 목적으로 꼽는다. 행복은 즐거움을 느끼는 상태이고 달리 표현하면 쾌락이 충족된 상태이다. 쾌락을 추구하는 것은 인간 본연의 모습이다.

현대 사회는 쾌락 지향적 사회다. 쾌락을 절대선으로 보는 것은 문제가 있지만 절대악으로서 부정적으로만 보는 것은 바람직하지 않다. 쾌락을 긍정하는 태도는 자신의 감정에 솔직하고 자신에게 충실할 수 있다. 감정에 충실하다는 것은 자신의 삶에 충실하다는 것이다. 쾌락은 삶의 요소로서 삶을 의미 있게 해주는 긍정적인 면을 지니고 있다.

쾌락은 인간의 삶에서 필요한 것이지만, 최고선으로 간주되는 것은 바람직하지 않다. 쾌락을 최고선으로 추구하게 되면, 개인의 보람된 삶과 공동체의 질서를 유지하기 위해서 요청되는 많은 선들이 피해를 입거나 희생당하기 때문이다. 사회는 물신숭배주의에 입각한 과도한 물욕의 추구, 환각류에 대한 탐닉, 말초신경의 자극에만 치중한 오락 산업의 번창 등으로 혼란을 겪고 있다. 편협하고 잘못된 형태로 쾌락을 추구하는 과정에서 나타난 문제들이다.

쾌락 추구 자체를 나쁜 것으로 매도해서는 안 된다. 삶을 영위하고 있는 인간에게 쾌락은 지극히 당연하고 본성적인 요소이며 인간의 다양한 활동에 긍정적 역할을 하기도 한다. 쾌락 자체를 부정적으로 보는 사고는 지양되어야 하고, 건전하고 생산적인 쾌락은 장려되어야 한다. 문제는 쾌락의 진정성과 역동적 활용을 통한 창조적 생산성의 모색이다. 문화 예술뿐 아니라 삶의 전 영역에서 쾌락의 생산성으로 새로운 생기를 회복할 수 있기 때문이다.

활기찬 생명의 감각을 부여하여 열정적 활동을 연출케 할 수 있는 기제가 바로 쾌락이다. 쾌락을 통해 활기차고 풍요로운 삶의 의식을 매순간 지닐 수 있으며, 최선의 인생 목표에 도달할 수 있는 힘을 얻을 수 있다. 억압과 금기의 사슬에 묶여 있을 때는 볼 수 없는 열렬하면서도 의미 있는 생의 '푸른 꽃'을 볼 수 있게 될 것이다. 쾌락에 대한 정당한 배려로 진정한 자기에 대한 배려를 실천해라.

싸이는 유명한 가수가 되기 위해 끊임없이 노력해 왔다. 그는 많은 사람들을 보면 흥분이 되면서 그들로부터 인정을 받고 환호를 받는 욕망을 가지고 있었다. 그러한 욕망이 대중 앞에 나서는 가수가 되었으며, 더 큰 무대, 더 큰 세계에서의 공연을 펼치고자 하는 욕망이 월드 스타로 이끈 것이다.

싸이는 자신을 가두던 것들에서 탈피하려 애썼다. 음주가무와 이성을 만나며 마음껏 놀았다. 안주하는 삶에 만족하지 않고 스스로를 제도권 킬러라고 말하며 '욕망'에 충실했다. 좋은 게 좋은 거고, 그 좋은 걸 위해 살았다. 그에게 욕구를 억누른다는 것은 있을 수 없는 일이었다.

욕망은 무엇을 가지고자, 누리고자 하는 마음이다. 삶에 있어서 욕망을 품는다는 것은 필연적이다. 식욕이나 성욕과 같은 본능적 욕망과 명예욕이나 성취욕, 소유욕, 같은 사회적 욕망이 있다. 인간의 삶을 행복하고 유익하게 하려는 노력과 성취는 기본적 욕구 이상의 것이다.

욕망이란 인간의 삶의 안정과 행복의 증진을 위해 꼭 있어야 하며 지속적으로 다듬어 나가야 한다. 인간의 욕망을 계발함으로써 창의적이고 개성적인 인간의 창조, 사회의 발전이 가능하다. 욕망을 억제할 것이 아니라 인정하고 발산시켜야 한다. 욕망의 추구는 삶을 풍요롭게 하는 원동력이다. 삶의 근본적인 힘은 꿈을 이루고자 하는 욕망이 있기 때문이다.

바람직한 욕망을 가져야 한다. 바람직한 욕망이란 자신이 원하는 일에 대한 순수한 열정과 구체적인 행동이다. 자신의 인생을 더 나은 방향으로 이끄는 힘이다. 더 나은 인생을 위해 자신을 발전시키고자 하는 현명한 욕심이다.

욕망의 추구가 무한정 허용될 수는 없다. 인간은 추구하던 욕망이 채워지면 거기에 만족하는 것이 아니라 또 다른 욕망을 추구한

다. 인간의 욕망은 무한하므로 적절하게 억제하지 않으면 개인만
이 아니라 주위나 조직, 사회까지도 큰 피해를 준다.

인간이 욕망을 무절제하게 분출하면 약육강식의 논리가 판을
치게 되며 무절제와 무분별이 판을 치게 된다. 수많은 전쟁과 살
육, 개인과 집단의 이기주의, 자연 환경의 파괴와 같은 문제들뿐
아니라 마약, 도박, 사치, 충동, 향응과 수뢰 등의 타락의 현상들
의 근원에는 욕망의 무절제라는 문제가 내재되어 있다.

욕망의 과도한 추구로 인한 타락과 파멸의 가능성을 경계해야
한다. 하지만 인간의 욕망을 고통의 근원이라고 하여 제거하는 것
만이 옳다고 한다면 가난과 질병의 퇴치, 안락한 물질적 조건의
획득과 향상을 통한 사회적 환경의 개선이 이루어질 수 없다. 욕
망이 있기 때문에 사회적 환경이 개선되고 발전되기 때문이다.

욕망을 절제하여 모두가 함께 나갈 수 있는 공동선을 추구해야
한다. 사회가 유지될 수 있는 것은 개인의 내적 욕망이 타인과의
관계 속에서 절제되고 남과 조화를 이루는 쪽으로 승화되기 때문
이다. 욕망이란 인간의 삶의 안정과 행복의 증진을 위하여 꼭 있
어야 될 뿐 아니라 절제하고 지속적으로 다듬어 나가야 한다.

싸이는 스스로 수많은 놀이를 했다고 고백하고 있다. 싸이는 놀
줄 아는 남자며 그리고 노는 판을 만든다. "너희들 여기서 놀아

라” 해놓고 관조자에 머무는 게 아니라 함께 미친 듯 논다. 혼자 노는 건 한두 번은 할 만하지만 역시 노는 건 같이 놀아야 제 맛이다. 그는 대한민국 최고의 노는 가수이고 놀 줄 아는 국제가수다.

사람은 놀이를 할 때 가장 인간적이다. 인간은 놀이를 갈망하면서도 충동을 억제하면서 놀이를 잊은 채 살아가고 있다. 인간의 내면에는 즐겁게 놀려는 욕구를 가지고 있으면서도 성공을 얻기 위해 일에만 몰두해 있는 것이다. 성공이라는 사다리를 올라타기 위해 놀이를 통한 즐거움을 느끼는 법을 잊어버린다.

놀이는 어린 시절의 소일거리가 아니라 평생 동안 즐겨야 할 자연스런 인간의 본능이다. 일만 열심히 하는 것은 삶을 균형 잃은 지루한 것으로 만든다. 일하는 법도 알고 노는 법도 알아야 한다. 삶을 너무 심각하게 살지 말고 삶에 순수한 놀이의 시간을 끌어들여라.

놀이는 삶을 충만하게 하는 도우미이다. 놀이는 삶을 더 의미 있고 즐겁게 만든다. 논다는 것은 인생에 흥취를 더해 주는 것이다. 놀이는 신체를 건강하게 하여 생활에 활기가 넘치게 하고 인간관계를 돈독하게 만들어준다. 놀이는 삶의 균형을 잡아주며 정신을 맑게 해주어 병이 끼어들 여지가 없는 삶에 도움을 준다. 건강을 지키기 위해서는 약에 매달리는 대신 다양한 놀이를 해라.

일할 때와 마찬가지로 놀 때에도 빈둥빈둥하면 안 된다. 놀 때는 노는 데 온 정신을 집중시켜야 한다. 일에 몰두하여 일에서 기쁨을 느낄 수 있는 사람만이 놀이에서도 기쁨을 느낄 수가 있다. 진지하게 일에 종사하였기 때문에 마음도 몸도 놀이를 철저하게 즐길 수 있다. 즐거운 듯이 보이는 놀이가 아니라 자신이 정말로 즐거워하는 놀이를 해야 한다. 자신의 놀이를 찾아내어 맘껏 즐겨라.

놀이를 비즈니스로 만들지 말아야 한다. 인간의 마음은 수학적이기 때문에 놀이를 하면서도 마음은 목적을 추구한다. 마음은 단순하게 즐기지 못하고 무엇을 성취하려 한다. 놀이를 할 때는 어린아이가 되어야 한다. 어린아이는 놀이를 통해 무엇인가를 달성하려고 하지 않는다. 놀이를 놀이로 즐길 뿐이다. 놀이에서 목적을 추구하면 놀이 자체의 즐거움조차 잃는다. 놀이를 할 때 무엇인가를 달성하겠다는 생각을 버려라.

PSY의 사랑 방정식

싸이는 지인 소개로 만나 3년간의 교제 끝에 2006년 10월 결혼했다. 싸이는 결혼식 직전 가진 기자회견에서 "2003년 2월 신부와 첫 만남을 가졌어요. 화나면 어쩔 줄 모르는 나를 잘 다스리는 것을 보고 배필이라고 생각했죠. 많이 놀아봤기 때문에 이젠 건실한 가장으로서 역할을 다할 겁니다"라고 말했다.

싸이의 아내는 연세대학교 음대에서 첼로를 전공한 재원이다. 2012년 10월 서울 잠실 실내체육관에서 열린 《싸이랑 놀자》 공연에서 남편인 싸이의 공연 모습을 바라보는 사진이 인터넷에 업로드 되어 있는데 연예인 아내의 이미지와는 달리 화장도 하지 않은 듯 순수한 모습이다.

싸이는 사랑에 대해 《힐링캠프》에 출연하여 이렇게 말했다.

"살아온 동안 관심사는 오직 하나였는데, 이성이 저를 좋아했으면 좋겠다는 거였어요. 모든 여자들이 저한테 호감을 가졌으면 좋겠다는 거였어요. 그런 욕구가 꼬마 때부터 정말 강했어요. 이성을 마음이 아닌 머리로 대했습니다. 사람들이 이성을 대할 때 진심이 어떻고 하면서 말하는데 진심은 본인의 것이고, 사랑은 상대방이 원하는 것을 해주는 것이라고 생각해요, 상대방이 듣고 싶은 것을 해 주는 것, 상대방이 듣고 싶은 음악을 틀어주는 것이죠."

사랑은 빛나는 삶의 언어이며 영원한 주제다. 사랑은 행복을 바라보며 쾌활한 분위기 속에 존재한다. 값을 헤아릴 수 없을 정도로 귀중하며 세상을 새롭고 생기 넘치게 하는 신성한 열정이다. 인간의 영원한 멜로디이며 찬란함과 성스러움을 더해준다.

사랑의 빛은 현재를 아름답게 미화하고 미래를 환히 밝혀준다. 사랑은 존경과 찬미의 결과로 마음을 정화시키고 앙양시킨다. 사랑은 다른 대가를 바라지 않으며 사랑만을 바랄 뿐이다. 사랑은 권위를 창조한다. 잠자고 있던 재능을 일깨우며 지성을 향상시킨다. 욕망을 승화시키고 정신을 강화시킨다.

사랑은 곡선이며, 나아가 곡선으로 만든 직선이다. 부드러움과 여유가 없다면 마찰을 일으킨다. 곡선만이 부드러움과 여유로움을 선물한다. 직선과 곡선의 조화에서 우러나온 사랑이 삶의 원동력이다. 인생은 거침없이 내닫는 직선이 아니다. 온갖 어려움을 되풀이하며 곡선의 여유를 배운다. 사랑이 곡선인 것은 모든 것을 포용하기 때문이다.

사랑은 명사가 아닌 동사로서 행동하는 것이다. 사랑은 움직이는 것이며, 감동시키는 것이며, 감동되는 것이며, 변화시키는 것이며, 변화되는 것이다. 사랑보다 더 치유적인 것은 없다. 진정한 기적은 사랑을 통해 일어난다. 사랑으로 시작해라. 사랑하는 사람이 돼라.

사랑하는 사람을 만난다는 것은 신이 맺어준 인연이다. 사랑은 한 사람의 세상으로 들어가서 오랫동안 여행을 하는 일이다. 사랑은 여행과 같다. 나를 떠나 황홀한 꿈을 꾸면서 사랑하는 사람의 세상으로, 영혼으로 들어가는 것이다.

사랑이란 자신과 다른 방식으로 느끼며 다르게 살아가는 사람을 이해하고 기뻐하는 것이다. 자신과 닮은 사람을 사랑하는 것이 아니라 자신과는 다른 환경과 상황에서 살고 있는 사람과 기쁨의 다리를 건너는 것이다. 차이를 부정하는 것이 아니라 그 차이를 인정하는 것이다. 사랑하는 사람들 사이에 무수한 차이가 있다는 사실을 깨닫는다면 훨씬 더 황홀한 삶이 전개될 것이다. 상호간의 차이와 거리를 사랑할 수 있다면 상대방의 전부를 바라볼 수 있을 것이다. 차이는 사랑의 대상이다.

사랑은 상대방에 대한 희망적이고 너그러운 생각이다. 인간 상호간의 신뢰를 구축하는 최선의 실천행위이다. 자비롭고 온유하며 진실하며 존중과 배려로 이루어진다. 상대방의 가장 밝은 면에 관심을 기울이며 마음을 표현할 때 비로소 성숙한다.

삶을 영위하면서 남을 미워하지 않을 수 있으며, 남한테 미움받지 않을 수 있다고 생각하는가? 남을 미워하지 않고 살기를 바라는 것은 교만일 수 있다. 자신을 미워하지 않기를 바라는 것은 오만일 수 있다. 미움은 삶의 일상적인 감정이다. 미움으로 미움을 이길 수 없다. 미움은 강인함이 아닌 나약함의 다른 모습이다.

남을 미워하면 자신의 마음이 미워진다. 미움이 다가왔을 때 미움 안으로 몸을 담그지 마라. 미운 생각을 지니고 살아가면 피해자는 바로 자신이다. 하루하루를 그렇게 살아가면 삶 자체가 얼룩지고 만다. 미워하는 것도, 좋아하는 것도 마음에 달린 일이다. 마음을 돌이켜 삶의 의미를 심화시켜야 한다. 맺힌 것은 언젠가 풀지 않으면 안 된다. 미움을 통해서는 행복해 질 수 없다. 미움의 감정을 제거하고 사랑의 감정을 키워라.

결혼 당시 싸이는 "턱시도 같은 여자를 사랑할 것 같은 사람인데 잠옷 같은 여자를 만났어요. 잠옷은 오래 입어도 옷인지 몸인지 잘 모르고 평생을 입어도 포근할 것만 같아서 이렇게 잠옷을 입게 됐어요"라고 말해 세간의 관심을 끌었다.

싸이는 결혼 후 6년이 지난 2012년 8월 《힐링캠프》에 출연하여 "아내와 만나기 전에는 많은 이성교제를 했는데 100일을 넘겨보지 않았어요. 사랑이 식기 시작하는 건 불편하다고 느낄 때인데 아내는 단 한 번도 불편하지 않았어요. 밖에 있을 때 제가 전화를 안 받으면 두 번 다시 전화를 안 합니다. 아내는 인간 박재상과 가수 싸이를 다른 사람으로 봐줍니다, 박재상은 좋은 남편, 좋은 아버지면 좋겠으나 문밖의 싸이는 자유롭도록 해줍니다. 새벽까지 귀가하지 않아도 전화조차 하지 않습니다. 아침에는 구첩반상을 대령해요. 가수 성시경은 이에 대해 남편에 대한 무소유를 몸소 실천한다고 하여 '와이프계의 법정 스님' 이라는 별명을 지어줬습니다"라고 밝혀 화제가 되었다.

싸이 아내는 싸이에 대해서 '방목스타일' 이다. 그러면서도 싸이가 힘들 때 격려하고, 음악을 전공한 첼리스트로서 싸이의 음악과 공연 의상 등에 조언을 아끼지 않는다.

'서로 사랑하라. 그러나 사랑으로 구속하지는 마라. 그보다 너희 혼과 혼의 두 언덕 사이에 출렁이는 바다를 놓아두라.' 레바논 출신의 신비주의 시인이자 화가, 예언자인 칼릴 지브란의 〈사랑과 결혼의 시〉에 나오는 구절이다.

진정한 사랑은 자신의 길을 가도록 인정하고 격려하면서 발전할 수 있도록 도움을 주는 것이다. 집착과 사랑을 혼동해서는 안 된다. 자신 옆에 붙잡아 두려는 것은 잘못된 집착이다. 사랑한다는 이유로 집착하여 사랑하는 사람이 가려는 길에 걸림돌이 되어서는 안 된다. 서로의 꿈이 이루어지도록 응원하고 성장을 축복하고, 힘들 때 서로에게 의지하는 든든한 버팀목이 되어야 한다.

결혼하기 전에 여러 가지 조건과 모든 상황을 따져 보았다면 결혼 후에는 서로를 편하게 해주는 것, 서로에게 기댈 수 있게 하는 것, 서로에게 자신의 길을 가도록 인정하고 격려하면서 발전할 수 있도록 도움을 주는 것이 진정한 사랑이다.

부부란 어느 한쪽의 희생을 요구하는 것이 아니라 서로의 길을 함께 가는 것이다. 부부는 함께 가는 존재다. 두 사람 중 한 사람은 불행한데 한 사람은 행복할 수 없다. 둘 다 불행하거나 둘 다 행복한 상태에 놓이게 된다. 기뻐야 할 때는 서로가 기쁨을 나누고, 한 사람이라도 서러움, 번민, 고통의 상태에 있을 때에는 함께 나누며 이를 극복해 나가야 한다. 때로는 마음이 불편하고 흔들려도 한결같은 믿음과 사랑으로 잘 가꾸고 다듬어 나가야 한다.

가족이 애틋했다

싸이는 동갑내기로 연세대학교 음대에서 첼로를 전공한 아내와 2006년 10월에 결혼하여 쌍둥이 두 딸을 둔 남편이자 아버지로서 가장이다. 싸이는 쌍둥이 딸이 태어난 지 채 100일도 되지 않은 상황에서 2007년 12월 17일 두 번째 군 복무를 위해 현역에 입대하면서 가족에 대한 애틋함과 가족에 대한 중요성, 가장의 책임감을 절실히 깨달았다.

싸이는 그 당시를 이렇게 회상했다. "현역복무를 위한 재입소 전까지 울 시간이 없었습니다. 내가 울면 가족들이 연쇄적으로 우니까 울지 못했어요. 입소 전까지 헛소리하고 웃기려고 춤추고, 여가수 패러디하고 난리를 쳤어요."

싸이는 2001년 11월 대마초 사건으로 구속되어 할아버지가 세상을 떠났는데도 장손인 자신이 임종을 지키지도 못했고 장례식에 참석하지 못한 것을 지금도 가슴 아프게 생각하고 있다. 할아버지는 싸이가 가수로 데뷔할 때 싸이 아버지의 반대에 대하여 나서서 싸이를 이해하고 격려했다. 싸이는 할아버지에 대한 고마움과 아름다운 기억을 지금도 간직하고 있다.

싸이는 극과 극의 자세를 동시에 소유한 아티스트다. 밖에서는 개방적인 자세로 타인과의 소통에 뛰어난 역량을 발휘하고, 집에서는 가부장적인 자세로 평범한 가장 역할에 충실하기 위해 노력한다. 밖에서는 더없이 개방적인 싸이가 집에서는 가부장적인 이유에 대하여 "논 것이 더하다고…" 하면서 밖에서 놀아본 자신의 경험에 비추어 가족들은 그런 물이 들지 않기를 바라는 마음을 가지고 있기 때문이다.

싸이의 누나는 싸이의 가족 사랑에 대한 일화를 이렇게 털어놓았다. "음식점에 가서 맛있으면 꼭 싸가지고 와서 가족들을 먹여요. 곰살맞고 예쁜 짓을 잘하는 편이죠. 싸이는 가족이라는 공동체 속에서 힘을 얻고 공동체가 잘 돼야 한다고 생각하기 때문에 가족을 챙기는 스타일이에요."

인생에 1,000억을 가지고 있다고 하면 1,000억 중에 첫 번째 0은 명예이며 두 번째 0은 지위이고 세 번째 0은 돈이다. 이것들은 인생을 풍요롭게 하는 것들이다. 하지만 앞에 있는 1은 건강과 가족이다. 만약 1을 지우면 0원이 되어버린다. 인생에서 명예, 지위, 돈도 중요하지만 건강과 가족이 없다면 무용지물이 되어버린다.

인생의 길목에서 가장 오래, 가장 멀리까지 배웅해 주는 사람은 가족이다. 가족이 내일도 곁에 남아 줄지는 아무도 모른다. 인생은 짧고 소중한 사람과 함께할 시간은 더 짧다. "너무 바빠요. 피곤해요. 내키지 않아요. 싫어요. 못 가요" 하면서 가족들과 보낼 수도 있는 시간들에 대하여 냉정하게 굴고 있지나 않은지 생각해 보라. 멀리 떠나기 전에 시간 있을 때마다 함께하며 즐기고 사랑해라. 오늘이 지나면 다시 못 볼 사람처럼 가족을 대해라.

가족은 소중한 존재다. 가족의 의미는 단순한 사랑이 아니라 힘과 정신적인 안정감의 원천이다. 몸이 아프거나, 남으로부터 상처를 받거나, 어려운 일이 닥치면 가족이 커다란 울타리가 되고 용기의 샘물이 된다. 삶의 큰 의미 중 하나가 바로 '가족을 위해'이다. 가족을 생각하는 마음이 희생과 인내하게 한다. 가족은 사랑과 나눔의 시작인 동시에 끝이다.

아버지의 손을 잡아본 것이 언제였는지, 어머니를 안아드린 것이 언제였는지 떠올려보라. 손톱을 깎아드리고, 발을 씻겨드리고, 등을 밀어드리고, 어깨를 주물러드린 적이 있는지 떠올려보라. "여보 사랑해, 여보 힘들지?"를 언제 했는지 떠올려보라. 자녀를

포옹하며 "너를 사랑한단다"를 언제 했는지 떠올려보라. 가족의 등 뒤에서 살짝 안아보라. 형용할 수 없는 기쁨과 감동이 서로의 가슴에 물결칠 것이다.

호화주택에 살면서 다투며 사는 가정이 있는가 하면 오막살이 안에 웃음과 노래가 가득한 가정이 있다. 비록 가진 것은 많지 않아도 사랑이 있고, 꿈이 있고, 내일의 희망이 있으면 행복한 가정이다. 가정을 행복하게 만드는 것은 건물이나 가구에 있지 않고 오직 마음에 있고 정신 속에 있다. 좋은 집에 살려고 하기보다 행복한 가정을 이루어야 한다.

사랑과 웃음이 공기가 되는 가정이야말로 행복한 가정이다. 가정은 생명의 산실이며 행복의 원천이다. 행복한 가정에서 상처와 아픔은 싸매지고 슬픔은 나눠지고, 기쁨은 배가된다. 부부가 서로 사랑한다면 자녀들은 안정감과 편안함을 느낀다. 가정은 구성원 간의 희생이 없이는 영위되지 못한다. 행복한 보금자리는 그저 되는 것이 아니라 구성원인 가족들이 스스로 만들어 가는 것이다. 가정의 화목을 이루는 지혜를 발휘해라.

가정은 모든 인간이 최고 혹은 최악의 도덕 교육을 받는 곳이다. 가정은 인격을 단련시키는 최초이자 중요한 학교다. 사랑이 가득 넘치는 가정, 그 자체보다 더 위대한 교사는 없다. 행복한 가정이야말로 최고의 학교임을 명심해라. 나무가 자랄수록 나무껍

질에 새겨진 글자가 커지고 넓어지듯이 유년 시절 마음속에 새겨진 생각들의 영향력이 확대된다. 어릴 적 받은 사소한 본보기는 좀체 지워지지 않는다. 어릴 적 마음속에 심어진 생각은 땅에 떨어진 씨와 같아서 한 동안은 보이지 않지만 서서히 싹을 틔워 표출된다.

아버지 이제야 깨달아요

싸이는 1남 1녀 중에서 외동아들로 가족 중에서 유일하게 공부
에 관심이 없었으며 말썽꾸러기였다. 싸이는 가족에서 '미운 오리
새끼' 같은 존재였다.

싸이의 아버지는 경기고등학교와 연세대학교 상대를 졸업하고
싸이의 할아버지가 창업한 가업인 반도체 검사 장비를 생산하는
견실한 상장기업의 오너 경영자다. 모범납세자로 선정되어 석탑
산업훈장을 받았으며 중소기업대상을 수상할 정도로 정직하고 성
실한 성품을 가지고 있다. 어머니는 경기여고와 이화여대를 졸업
했으며 서울 강남에서 고급 레스토랑을 여러 개 운영하고 있다.
누나는 미국 뉴욕대학교 언어학 석사 학위를 받은 후 프랑스 명문

요리학교인 르 꼬르동 블루를 졸업한 후 TV에서 요리 프로그램을
진행한 유명한 푸드스타일리스트이다.

아버지는 원칙주의자이나 싸이는 요령을 좋아했고 어릴 때부터
말썽을 많이 피워 아버지로부터 체벌을 당하기도 했다. 담배를 피
우다가 아버지에게 발각되었을 때는 "아버지부터 끊으세요" 하고
반항하기도 했다.

싸이의 아버지는 싸이가 경영학을 공부하여 가업을 이어받기를
원했다. 하지만 싸이는 음악을 하고 싶어 했다. 아버지가 "사업을
이어야지, 무슨 음악이냐?"고 강하게 반대하기도 했다. 그때 그는
"아버지께서는 작곡을 해 보셨어요? 어떻게 가보시지 않은 길에
대해 그토록 확신을 갖고 말씀하실 수 있으세요?" 하고 반항했다.

아버지로부터 벗어나고 싶어 미국 유학을 택하고 아버지가 원
하는 경영학과에 입학했지만 유학을 가자마자 아버지 몰래 경영
학과를 그만둬버리고 작곡에 몰두했다. 아버지의 삶처럼 사업가
로 살기 싫은 반항심이었다. 아버지가 가진 가치관에 반항하면서
그 반항심이 원동력이 되어 뚫고 헤쳐 나가려는 노력이 싸이를 강
인하게 만들었고 가수로서의 열정과 성공의 에너지가 되었다.

싸이는 아버지가 아들인 자신 때문에 힘들었던 것을 이해한다. 아
버지가 나이가 듦에 따라 어깨가 좁아 보이는데 자신이 한몫을 한 것
같은 미안함과 사랑을 담아 2005년 〈아버지〉 노래를 만들고 불렀다.

너무 앞만 보며 살아오셨네/ 어느새 자식들 머리 커서 말도 안 듣네/ 한평생 처자식 밥그릇에 청춘 걸고/ 새끼들 사진 보며 한 푼이라도 더 벌고/ 눈물 먹고 목숨 걸고 힘들어도 털고 일어나/ 이러다 쓰러지면 어쩌나/ 아빠는 슈퍼맨이야 얘들아 걱정 마/ 위에서 짓눌러도 티 낼 수도 없고/ 아래에서 치고 올라와도 피할 수 없네/ 무섭네 세상 도망가고 싶네/ 젠장 그래도 참고 있네 맨날/ 아무것도 모른 채 내 품에서 뒹굴 거리는/ 새끼들의 장난 때문에 나는 산다/ 힘들어도 간다 여보 얘들아 아빠 출근한다/ 아버지 이제야 깨달아요/ 어찌 그렇게 사셨나요/ 더 이상 쓸쓸해하지 마요/ 이제 나와 같이 가요

어느새 학생이 된 아이들에게/ 아빠는 바라는 거 딱 하나/ 정직하고 건강한 착한 아이 바른 아이/ 다른 아빠보단 잘할 테니/ 학교 외에 학원 과외 다른 아빠들과의 경쟁에서/ 이기고자 무엇이든지 다 해줘야 해/ 고로 많이 벌어야 해 너 네 아빠한테 잘해/ 아이들은 친구들을 사귀고 많은 얘기 나누고/ 보고 듣고 더 많은 것을 해주는 남의 아빠와 비교/ 더 좋은 것을 사주는 남의 아빠와 나를 비교/ 갈수록 싸가지 없어지는 아이들과/ 바가지만 긁는 안사람의 등살에 외로워도 간다/ 여보 얘들아 (얘들아) 아빠 출근한다/ 아버지 이제야 깨달아요/ 어찌 그렇게 사셨나요/ 더 이상 쓸쓸해하지 마요/ 이제 나와 같이 가요

여보 어느새 세월이 많이 흘렀소/ 첫째는 사회로 둘째 놈은 대학로/ 이젠 온 가족이 함께 하고 싶지만/ 아버지기 때문에 얘기하기 어렵구만/ 세월의 무상함에 눈물이 고이고/ 아이들은 바빠 보이고 아이고/ 산책이나 가야겠소 여보/ 함께 가주시오/ 아버지 이제야 깨달아요/ 어찌 그렇게 사셨나요/ 더 이상 쓸쓸해하지 마요/ 이제 나와 같이 가요 오오~/ 당신을 따라갈래요

〈아버지〉 노래를 들은 싸이의 아버지는 좋아했다. 아버지와 싸이는 돈독한 관계가 되었다. 국제가수가 된 싸이는 아버지를 너무 사랑하면서도 그동안 차마 사랑한다고 표현하지 못한 말을 《힐링캠프》에 출연하여 영상편지를 띄웠다.

"아버지, 어릴 때는 정말 힘들었어요. 아버지가 너무 높아 보였어요. 아버지는 내가 뭘 해도 성에 안 차서 했기 때문에 그렇게 엇나갔던 것 같습니다. 그 엇나감이 성장 동력이 되어 가수로서 일을 열심히 하고 있어요. 항상 제자리로 돌아올 수 있었던 건 멀리서 바라보는 아버지의 모습 덕분입니다. 처음 해보는 말인데 감사하고 존경하고 사랑합니다."

저자의 저서 《아버지 술잔에는 눈물이 절반이다》의 '아버지란 누구인가' 에는 아버지에 대해 다음과 같이 기술되어 있다.

아버지란 때로는 울고 싶지만 울 장소가 없기에 슬픈 사람이다. 아버지의 눈에는 눈물이 보이지 않으나 아버지가 마시는 술에는 보이지 않는 눈물이 절반이다. 어머니의 눈물은 얼굴로 흐르지만 아버지의 눈물은 가슴으로 흘러 가슴에 눈물이 고여 있다. 아버지의 울음은 그 농도가 어머니 울음의 열 배쯤 될 것이다.

아버지는 가족을 자신의 수레에 태워 묵묵히 끌고 가는 말과 같은 존재이다. 정작 아버지가 옷걸이에 걸고 싶은 것은 양복 상의가 아니라, 아버지 어깨를 누르고 있는 무거운 짐이다. 아버지의 이마에 하나 둘 늘어나는 주름살은 열심히 살아가는 삶의 흔적이다. 아버지의 무겁기만 한 발걸음은 삶의 힘겨움 때문이다. 아버지의 꾸부정해진 허리는 삶의 무게를 이기지 못해서이다.

아버지가 아침 식탁에서 성급하게 일어나서 출근하는 직장은 즐거운 일만 기다리고 있는 곳은 아니다. 가슴속에 꿈 하나 숨기고 정글 같은 세상으로 나아가는 것이다. 위에서 짓눌러도 티 내지 않고 받아들여야 하고 아래에서 치받아도 피할 수 없다. 세상에서 도망치고 싶을 때도 있지만 참아야 한다. 가정의 행복이 자신에게 달려있다는 무거운 책임감으로 자연히 '나'는 없어지고 '가족'이 삶의 전부가 된다.

아버지는 가장으로서 강박감과 책임감에 사로잡혀 살아간다. '내가 아버지 노릇을 제대로 하고 있나? 내가 정말 아버지다운

가?' 하는 자책을 날마다 하는 사람이다. 자식은 남의 아버지와 비교하면서 아버지의 수입이 적은 것이나, 아버지의 지위가 높지 못한 것에 대하여 불만이 있지만 아버지는 그런 마음에 속으로만 운다.

아버지란 침묵과 고단함을 자신의 베개로 삼는 사람이다. 말 없이 묵묵한 아버지가 톡 던지는 헛기침 소리는 아내와 자식들에게 건재함을 알리는 짧고 굵은 신호이다. 아버지란 겉으로는 태연해 하거나 자신만만해 하지만 속으로는 자신에 대한 허무감과 가족에 대한 걱정으로 괴로움을 겪는 존재이다. 아버지는 항상 강한 사람이 아니다. 때로는 너무 약하고 쉬 지치는 연약한 한 인간이다.

아버지의 마음은 먹칠을 한 유리로 되어 있어 속은 잘 보이지 않는다. 기대한 만큼 아들, 딸의 학교 성적이 좋지 않을 때 겉으로는 "괜찮아, 괜찮아" 하지만 속으로는 몹시 화가 나는 사람이다. 아버지의 최고의 기대는 자식들이 반듯하게 자라 주는 것이며 이러한 모습을 바라보면서 삶의 보람을 느낀다.

아버지는 결코 무관심한 사람이 아니다. 아버지가 무관심한 것처럼 보이는 것은 체면과 자존심과 미안함 같은 것이 어우러져서 그 마음을 쉽게 드러내지 못하기 때문이다. 아버지는 가족들 앞에서는 기도도 안 하지만 혼자 차를 운전하면서 큰소리로 기도도 하고 주문을 외기도 하는 사람이다.

아버지가 길을 내면 자식은 그 길을 걸어간다. 아버지의 말은 씨가 되어 자식의 꿈이 되고 삶이 된다. 아버지가 자식에게 영향을 미치는 것은 ‘모방’이다. 자식은 아버지가 하는 모든 것을 보고 모방한다. 자식은 ‘설명’보다 ‘모범’을 필요로 하고 있다.

아버지가 가장 꺼림칙하게 생각하는 속담이 있다. 그것은 ‘가장 좋은 교훈은 손수 모범을 보이는 것이다’라는 속담이다. 아버지는 늘 자식들에게 그럴듯한 교훈을 하면서도 실제 자신이 모범을 보이지 못하기 때문에 미안하게 생각도 하고 남 모르는 콤플렉스도 가지고 있다. 아버지는 이중적인 태도를 곧잘 취한다. 그 이유는 ‘아들, 딸이 나를 닮아 주었으면’ 하고 생각하면서도, ‘나를 닮지 않아 주었으면’ 하는 생각을 동시에 하기 때문이다.

어머니의 사랑은 산소처럼 항상 자식 곁에 있지만 아버지는 그 깊은 사랑을 감춘 채 대기하고 있다. 아버지는 비탈길에 서 있는 나무와 같은 존재이다. 위험한 등산길에 등산객들의 손을 잡아주는 것처럼 자식들이 힘들 때 쓰러지지 않고 살게 하는 삶의 기둥이다. 아버지의 손은 자식을 위한 삶이 그대로 박혀 있는 손이다. 바로 그 손으로 자식이 넘어지지 않게 손을 잡아주면서 사랑의 빛을 발한다.

아버지는 자식의 힘이고 자식은 아버지의 힘이다. 자식은 아버지의 그늘 아래서 아버지의 사랑을 먹으면서 성장하고 있다. 성공한 아버지만이 아버지가 아니라 아버지는 있는 그대로의 아버지이다. 비록 부족하고 허점이 있어도 아버지는 아버지이다. 아버지는 아버지이기에 세월이 흘러도 가슴에 하나의 뜨거움으로 다가오는 존재이다.

아버지! 뒷동산의 바위 같은 존재이다. 시골마을의 느티나무처럼 무더위에 그늘의 덕을 베푸는 존재이다. 끝없이 강한 불길 같으면서도 자욱한 안개와도 같은 그리움의 존재이다.

돈에 철저한 원칙을 가지고 있다

싸이는 유복한 집안 형편에서 성장했다. 하지만 아버지가 자식들에 대한 금전적 지원은 성과가 있거나 성과를 기대할 때 지원했다. 싸이 집안의 분위기는 돈에 관해서 철저한 원칙을 가지고 있다.

싸이가 군 문제로 1년여 동안 재판을 받고 현역 복무로 입대하게 됐을 때 CF 위약금을 물어야했다. 굉장히 많은 금액이었다. 싸이는 그동안 자신이 벌어서 가지고 있는 돈으로 변호사 비용을 지급하여 돈이 없는 상황이라 아버지로부터 빌려야 했다. 너무 힘든 상황이라 아버지가 그냥 줄 줄 알았는데 "가족 간의 거래도 확실하게 해야 한다"면서 차용증을 쓰게 했다.

싸이는 제대 후 열심히 일해서 몇 달 만에 아버지에게서 빌린 돈을 갚았다. 싸이는 내심으로 아버지가 '이 녀석 정말 자랑스럽구나. 제대한 지 몇 달도 안 되었는데 기특하구나. 쌍둥이 손녀들을 위해 써라'고 할 줄 알았는데 "생활력이 있어 기특하구나" 하면서 수금 완료해 버렸다.

싸이는 어머니가 경영하는 레스토랑에 가도 돈을 내고 식사하고 싸이의 부모도 싸이 공연에 표를 사서 유료 관람한다. 싸이는 이런 특이한 집안 분위기에 대해 "어렸을 때는 싫었는데 지금 와서 생각해보면 그런 교육방식이 아니었다면 내가 죽기 살기로 일했을까 하는 생각이 들어요. 이제는 납득이 가고 감사해요"라고 말했다.

돈은 교환수단이나 축적수단 이상의 복합적 의미를 지닌다. 돈은 힘의 원천이며 그 위력은 엄청나다. 당당하게 세상과 맞설 수 있게 해주며 남에게 부림을 당하거나 자신을 팔지 않아도 되게 해주며 편안하고 행복한 노년을 보낼 수 있게 한다.

가난을 단지 불편한 것으로만 여기지 마라. 가난은 일종의 재난이며 내리누르는 짐이다. 가난은 인간이 행복하게 되는데 있어서 큰 적이다. 가난은 자유를 파괴하고 미덕의 실천을 어렵게 만들며 어떤 미덕은 꿈도 꾸지 못하게 만든다. 인간을 현실적으로나 도덕적으로 무기력하게 만든다. 가난하다는 것은 비참한 일이다. 가난하게 살지 않을 것이라고 결심해라.

고결한 수단을 모두 동원해서 가난을 피해야 한다. 빚을 지지 않겠다는 것을 주의사항으로 삼아라. 씀씀이를 줄여서 저축을 실행에 옮겨라. 불굴의 노력과 인내로써 열심히 일하고 자기 단련을 하여 부를 축적해라.

검약이란 검소하고 절약하는 것이다. 돈이 있지만 절제할 줄 아는 것이다. 검약의 기본은 인색함과 궁색을 떠는 것과는 엄연히 다르다. 돈을 쓰지 않는 것이 아니라 제때, 제대로 쓰는 것이다. 검약은 자기 한도 내에서 절약하는 가운데 꼭 필요한 곳에 쓰고 저축할 줄 아는 삶의 자세다.

돈을 우상으로 받들지 않고 유용한 수단으로 생각해라. 없으면서 있는 것처럼 허풍 떠는 것은 검약과 상극이다. 검약해야만 남에게 아낌없이 베풀 수 있는 여력이 생긴다. 검약은 선행의 토대이자 평화의 밑거름이다. 자기 자신이 궁핍하면 남을 도울 수 없다. 나눠주기 위해선 가진 것이 충분해야 한다.

검약은 돈지갑의 밑바닥이 드러났을 때는 이미 늦다. 검약은 미래를 위해 현재의 욕구를 참는 능력을 의미한다. 미래는 검약으로 준비할 때 아름답다. 검약의 실천은 타고난 본능에 의한 것이 아니라 경험하고 남을 본받고 예측하는 가운데 생겨나는 것이다. 지혜롭고 생각이 깊어야 검약할 수 있다.

인간의 품성 중 관대함, 자비심, 공정함, 정직함, 준비성은 돈을 어떻게 쓰느냐에 달려 있다.

반대로 최악의 성품인 탐욕, 인색함, 무절제, 방탕함은 돈을 잘못 쓰는 데서 비롯된다. 돈을 올바로 사용할 수 있는 능력은 훌륭한 자질이다. 돈을 벌고, 쓰고, 저축하고, 남과 주고받고, 빌려주거나 빌리고 후손에게 물려주는 기준과 방식을 올바르게 확립해라.

돈은 삶에 필요한 영양소이자 윤활유이지만 돈벌이에 탐닉하면 탐욕, 사기, 부정과 같은 악습이 나타난다. 악의 뿌리는 돈 그 자체가 아니라 돈에 대한 집착이다. 돈이 삶의 목적이 되면 노예처럼 돈에 종속된다. 너그러운 삶과 행실을 갖지 못하고 돈을 쫓아 다니게 된다.

지금까지 돈을 벌기 위해 돈으로 살 수 없는 삶에서 귀중한 어떤 것을 잃어버리지 않았는지 성찰해 보라. 지나친 절약이나 저축에 매달리는 습관이 배지 않도록 해라. 돈은 짠 바닷물과 같아서 마시면 마실수록 목이 마른 것처럼 돈을 가지면 가질수록 더욱 돈을 갈구하게 된다. 지나친 절약이나 저축이 탐욕으로 변할 수도 있다. 돈에 종속되거나 노예가 되지 않으려면 가진 돈에 자족해라.

싸이는 군 복무를 두 번이나 했음에도 긍정적으로 받아들이고 장병 위문 공연을 계속 펼쳐왔다. 군 위문 공연의 출연료는 장병들 회식비로 기부한다. 〈강남스타일〉이 대히트를 하고 난 이후에 바쁜 일정에도 불구하고 서울 시청 앞에서 팬들의 성원에 감사하는 무료 공연을 펼쳤다.

대가를 바라지 않고 베푸는 모습은 아름답다. 한 순간의 연출이 아니라 실천하는 사랑이기 때문이다. 생명은 생명을 싹트게 하고 사랑은 사랑의 싹을 맺는다. 대가를 바라지 않는 베풂이 마음 밭을 푸른 숲으로 만든다. 행복한 삶을 이끌어가는 길은 다른 사람에게 베푸는 일이다.

성공이 행복의 열쇠가 아니라 행복이 성공의 열쇠다. 행복한 사람은 많은 사람을 행복하게 해준 사람이다. 행복이란 다른 사람을 행복하게 해주려고 할 때 생긴다. 행복한 사람은 어떻게 베풀 것인가를 찾아내는 사람이다. 행할 의지가 있으면 행할 기회가 주어진다.

자신의 행복과 성공을 나눌 때 행복을 누릴 자격을 얻는다. 선행을 기억하는 좋은 방법은 새로운 봉사를 하는 것이다. 남을 행복하게 하는 사람이 스스로의 행복을 얻을 수 있다. 남에게 어떠한 행동을 하였느냐에 따라 행복이 결정된다. 남에게 행복을 주려고 했다면 그만큼 행복이 온다. 베풂을 통해 얻는 기쁨은 결국 자신을 위한 것이다.

선한 일을 하는 사람은 봄 동산의 풀과 같다. 자라나는 것이 보이지 않으나 날로 더하는 바가 있다. 악을 행하는 사람은 칼을 가는 숫돌과 같다. 갈리어서 닳아 없어지는 것이 보이지 않아도 날로 이지러진다.

미덕에는 보답이 따르듯이 악덕에는 징벌이 따른다. 선한 자는 생명이 함께 하며 악한 자는 오래 살지 못한다. 선한 자에게는 하늘이 복을 주고 악한 자에게는 재앙을 내린다. 악한 일을 하면 화가 마르지 아니하고 복은 멀어진다.

소금 3%가 바닷물을 썩지 않게 하듯이 마음 안에 있는 3%의 선한 마음이 삶을 지탱하고 있다. 영혼에 흠이 없으면 육체도 건강하다. 선하게 사는 것이 오래 사는 방법이다. 선하게 영위된 삶은 내적으로나 외적으로 오래 지속된다.

자신을 타인과 별개의 존재로 여기고 있지는 않는가? 인간의 이기적인 행동은 바로 이런 시각에서 나온다. 인간은 결국 홀로 설 수밖에 없는 존재이지만, 서로 의존하고 있음을 깨달아야 한다. 이타심은 넘어진 자를 일으켜 세운다. 타인에게 좋은 일이 일어나면 상호의존의 원리가 작동하여 자신에게도 이익이 돌아온다.

마음 뒤에 칠해진 이기심은 자신만 생각하게 한다. 자신만 생각하고 타인을 잊어버린다면 마음은 매우 좁은 공간만을 차지할 것이다. 그 작은 공간 안에서는 작은 문제조차 크게 보인다. 불행과 고통의 많은 부분은 지각하는 것과 실체 사이의 불일치에서 온다.

이타심을 가지면 자연히 자신의 마음은 편안해진다. 타인을 염려하는 마음을 키우면 마음도 넓어진다. 자신의 문제가 설령 큰 것이라 해도 크게 느껴지지 않는다. 넓은 마음을 가지고 만물을 바라보아야 한다.

이기적인 사람은 다른 사람들의 협력과 응원을 얻을 수 없다. 응원과 협조 없이 이뤄진 성공은 오래갈 수 없다. 반면 이타적인 사람들은 다른 사람들의 따뜻한 협조 속에 모두가 함께 기뻐하는 승리를 쟁취할 수 있다. 결국 큰 욕심을 가진 사람은 이타심이 큰 사람일 수밖에 없다.

이타심을 기본으로 한 덕은 나만의 이익과 요구보다는 남도같이 생각하면서 공동의 가치를 추구하는 것이다. 덕은 많은 사람들을 이끌며 협력자로 만든다. 혼자만의 능력이 아닌 협력자의 질과 양이 자신의 경쟁력임을 명심해라.

제자리에 있는 것이 행복이다

싸이는 행복에 대해 "제자리를 여러 번 비우다 보니까 행복은 제자리에 있는 것이 행복하다고 생각해요. 가수로서, 사람으로서, 아들로서 아버지로서 제자리에 있는 것이 가장 큰 행복인 것 같아요"라고 하면서 많은 사람들이 〈강남스타일〉에 즐거워하는데 대해 "행복해 하는 모습을 보면서 정말 행복합니다. 〈강남스타일〉을 뛰어넘는 새 앨범이 나와서, 행복이 계속 유지되면 좋겠지만 그렇지 않아도 행복할 수 있습니다. 지금까지 제가 한 것에 완전히 만족하기 때문입니다"라고 했다

누구에게나 행복은 삶의 목적이다. 행복은 깊이 느낄 줄 알고, 단순하고 자유롭게 생각할 줄 알고, 삶에 도전할 줄 알고, 남에게

필요한 삶이 될 줄 아는 것이다. 행복은 산의 정상에 도달하는 것
도 아니고 산 주위를 목적 없이 배회하는 것도 아니다. 산의 정상
을 향해 올라가는 과정에서 느끼고 얻어지는 것이다.

추구하는 걸 이루는 것은 성공이지 행복이 아니다. 추구하면서
좋아하는 것이 행복이다. 행복은 성공을 해야 이루어지는 것이 아
니며, 성공여부를 떠나 삶의 길목에 항상 존재하고 있다. ‘지금’
이 바로 행복의 순간이다. “여기’가 바로 행복의 장소다. 살아 있
는 동안 행복해라. 지금 행복하다고 생각해라.

자기가 가지고 있는 것을 보지 못하고, 허둥대며 다른 곳에서
행복을 찾으려고 하지 않는가? 눈을 들어 세상을 보라. 열 손가락
으로는 다 헤아릴 수 없는 행복에 둘러싸여 있다. 불행을 헤아리
는 데만 손가락을 사용하기 때문에 그 많은 행복을 외면하고 살아
가는 것이다.

찬찬히 자신의 주위에 있는 행복을 손가락 하나하나 꼽아가며
헤아려 보라. 자신이 행복한 사람으로 변해 있을 것이다. 행복은
자기가 가진 것 속에 있다. 행복은 거창한 것에서 얻는 것이 아니
라 아주 작은 것에서 행복을 느끼게 됨을 알게 될 것이다.

행복은 주관적 가치이다. 행복은 주어지는 것이 아니라 짓는 것
이다. 행복은 행복하다고 마음먹은 만큼 행복해진다. 자신이 행복
하다는 사실을 잊어버리고 살기 때문에 불행한 것이다. 행복은 멀

리 있지 않다. 바로 앞에 있는 친구이다. 행복은 먼 훗날 달성해야 할 목표가 아니라, 지금 이 순간 존재하는 것이다. 지금 이 순간이 행복해야할 때이며 행복은 현재에 있다.

행복은 자신을 둘러싼 환경이나 조건이 아니라 자신의 생각에 달려있다. 지금 이 순간 행복하기로 마음먹었다면 행복할 수 있다. 행복해지고 싶으면 행복하다고 생각해라. '행복하기에 웃는 것이 아니라 웃기 때문에 행복해진다' 라는 말처럼 행복하다고 생각하고 '나는 행복해! 나는 운이 좋아. 정말 살아볼 만한 세상이야'를 아침에 눈뜨는 순간부터 되뇌어보라.

행복은 관계 속에서 느낄 수 있는 것이다. 행복해지고 싶다면 부정적인 사람들과 멀어져라. 낙천적이고, 진취적인 목표를 향해 노력하는 건강한 자아를 가진 사람들과 어울려라.

싸이는 〈강남스타일〉 성공을 자축하는 서울시청 앞 광장 무료 공연에서 주변을 가득 메운 8만 명의 관객들을 보며 감동이 벅차 올랐다. 자신을 이토록 성원해주고 세계적인 성공에 함께 기뻐하는 국민을 보며 감개가 무량했다. 결국 그는 땀인지 눈물인지 모를 액체를 연신 훔쳐냈다. 그리고는 심장에 손을 얹고 연신 "감사합니다"라고 인사했다. 무릎을 꿇고 팬들을 둘러보며 환희에 가득 찬 미소를 머금기도 했다. 마지막 앙코르 무대를 마친 싸이는 또 다시 감사의 눈물을 글썽거렸다.

행복해지려면 감사에 눈을 떠야 한다. 감사하는 사람은 행복하다. 감사가 바로 행복의 문을 여는 열쇠다. 감사하는 마음은 행복으로 가는 문을 열어준다. 감사하는 마음을 가지면 세상은 천국이 되고 불평하는 마음을 가지면 세상은 지옥이 된다.

감사하는 마음이 보약이다. 긍정적인 생각으로 마음과 몸을 최상의 상태로 유지시켜 준다. 감사하는 삶을 사는 사람은 행복한 사람이다. 매일 감사한 일을 찾아 감사하면서 긍정적인 근육을 단련하면 기쁜 마음으로 삶을 즐기게 된다. 대상의 가장 밝은 측면에 계속 고개를 돌리려고 노력해라.

자신의 삶에 자족해야 행복한 사람이다. 많이 가졌다고 행복해지는 것이 아니라 감사하는 사람만이 행복할 수 있다. '이러저러하기 때문에'가 아니라 '그럼에도 불구하고' 웃을 수 있는 사람이 진정으로 행복한 사람이다. 행복은 소유의 크기가 아니라 감사의 크기에 비례한다.

진정한 행복은 아주 단순한 사실에 대한 감사로부터 온다. 거액의 돈을 벌거나 좋은 대학에 가거나 새집을 사는 것이 진정한 행복이 아닐 수 있다. 행복이란 안락함이나 성공에서 오는 것이 아니다. 아주 작은 것에서부터 행복을 찾아내는 자신의 생각이다.

현재 자신과 사랑하는 사람들이 살아있다는 사실. 그 단순한 사실에 감사함이 진정한 행복일 수 있다. 소박한 기쁨을 맛보고 그러한 기쁨과 조화를 이루는 능력, 그런 기쁨을 자주 만들어 내는 능력에서 오는 것이다. 덕 있는 삶, 스스로 만족하는 삶을 살 때만 행복하다. 지니고 있는 많은 행복의 원천을 떠올려라.

행복의 원칙은 어떤 일을 하고, 어떤 일에 희망을 가지고, 어떤 사람을 사랑하는데 있다. 지금 현재 하고 있는 일, 지금 현재 가지고 있는 것, 지금 현재 사랑하는 사람에 대하여 행복한 마음으로 받아들여라.

싸이는 가수로서 부적합한 비주얼을 가지고 있음을 알고 있지만 자신을 예쁘장하게 생긴 아이돌과 비교하지 않았다. 그들과 달리 자신만의 노래 스타일과 춤을 개발하여 월드 스타가 되었다.

비교는 불행으로 가는 지름길이다. 자신이 갖고 있는 것과 자신이 원하는 것을 비교하고, 현재의 자신을 과거와 미래와 비교하는 것도 불행의 씨앗이다. 비교하는 순간 삶의 리듬은 헝클어지고 자신의 모습과 목표가 초라해 보이고 허황돼 보이기 시작한다.

비교하면 다름이 보이는데 다름은 틀림이나 모자람이 아닌데도 그렇게 생각하면서 불행의 싹을 키운다. 타인과 비교한다면 결코 행복해질 수 없다. 위를 비교하면 자신이 비천해지고 아래

와 비교하면 교만해질 수 있다. 비교하여 남의 삶을 베끼려 하지
마라.

남과 비교한다는 것은 마음이 불안정하고 불편하다는 증거이
다. 정체성과 자아를 잃고 자신이 가지고 있는 향기를 감추는 것
과 같다.

자신을 확실하게 이해하고 파악한데서 행복의 모양새를 스
스로 갖출 수 있다. 행복의 기준을 남에게 두지 말고 자신의 삶
을 살아야 한다. 그러면 현재의 삶에 감사하게 될 것이다. '어
제의 나'와 '오늘의 나'를 비교하여 자신의 발전과 성장에만
활용하라. 🕶

PSY

성공을 관리하세요

이제 그대는 월드 스타로서 국제가수가 되었습니다. 하지만 지금부터가 중요하다는 생각이 드는군요. 성공에 만족할 것이 아니라 성공을 관리해야 합니다. 성공하기를 바란 사람이 막상 성공하고 나면 어떻게 해야 할지 모르는 경우가 많지요.

성공을 잘 관리하지 않으면 권태의 제물이 되고 맙니다. 목표가 달성된 것에 만족해 버리면 정체가 시작되지요. 끊임없이 목표를 만들고 도전하지 않으면 점점 추락합니다. 그러므로 하나의 목표를 달성하고 나면 다음 목표를 설정해서 도전에 나서야 합니다.

성공을 추구할 때보다 성공한 다음의 성공관리가 오히려 힘든 법이지요. 자칫하면 성공을 거둠에 따라 자신감과 더불어 자만심에 빠지게 됩니다. 자신감과 자만심 사이에 균형을 유지하기란 어려운 법이지요. 스스로를 자부하며 변화를 꺼리면서 안주해서는 안 됩니다.

팝계에서 시시각각 벌어지는 경쟁이 얼마나 치열합니까? 매주 빌보드 등 차트 순위를 매기는 경쟁, 유튜브 조회 순위, 레코드 판매 순위, 음원 판매 순위, 방송 횟수 등 극심한 경쟁의 분위기와 상황이 벌어지고 있지요. 이런 상황에서 그대가 느끼는 긴장감과 압박감이 오죽이나 하겠습니까?

뭔가 이루었다고 생각하는 순간부터 위기의식을 가져야 합니다. 성공에서 안전함이라는 환상과 싸워야 합니다. 안주하면 대중들이 요구하는 변화를 따라잡을 수 없지요. 잠깐 동안만 성공을 기뻐한 뒤, 무엇을 더 잘할 수 있었는지, 앞으로 무엇을 할 수 있고 해야 하는지를 고민하세요. 긴장을 늦추지 않고 겸허한 자세로 스스로를 통제하면서 새로운 도전과 변화에 부응하세요.

성공은 여행이지 목적지가 아닙니다. 성공은 지속 가능해야 합니다. 일회성이 아닌 지속적으로 먹히는 콘텐츠를 개발해야 합니다. 〈강남스타일〉을 뛰어넘는 새로운 스타일을 선보여야 합니다. 그대의 말처럼 지금의 큰 성공을 앞으로 더 잘하고 열심히 하라는 책임과 부담으로 느끼세요.

성공은 더 큰 성공을 낳을 수 있지만 성공에 만족하지 않는 경우만 그렇습니다. 만족과 안주가 쇠퇴의 시작임을 명심하세요. 만족하지 말고 안주하지 마세요. 해이해지는 마음을 경계하면서 더 높은 목표를 정하고 도전해 나가세요.

나는 그대가 가지고 있는 재능과 제대로 된 '딴따라 철학' 에 공감하고 있기에 명실상부한 월드 스타로서의 위상을 오랫동안 지속할 것이라는 것을 믿고 기대하고 있습니다.

싸이! 그대 파이팅!

P.S 후속곡 뮤직비디오에 카메오 출연자가 얼굴에는 턱수염을 하고 상의는 게릴라 복장에 총을 들고 하의는 팬티(살색 스펀지로 만든 가짜 엉덩이가 붙은 익살맞은 빨간 팬티)를 입고 춤을 추는 장면이 있으면 어떨까 합니다.

윤문원 드림

싸이 옥스퍼드대학교 영어 강연
(번역 전문)

와우! 옥스퍼드네요(웃음). 뷰티풀~

강연할 때 선글라스를 쓴 채로 할까요? 아니면 벗고 할까요? 어떻게 해요? 써요? 좋아요(웃음).

먼저 영광스럽다고 말하기 전에 여기 옥스퍼드 유니온에 와서 강연을 한다는 게 이상하네요. 4개월 전에 여기 런던에 여행을 와서는 아주 평화로운 시간을 보냈습니다. 그런데 4개월이 지난 지금은 여러분들이 제 사진을 찍고 있네요(웃음). 좋네요.

여러분들은 <강남스타일>을 알고 있지만 제 이름이나 특징 같은 건 잘 모를 것입니다. 지금부터 제 자신에 대해 이야기를 좀 하겠습니다. 그 다음에 많은 질문이 예상되는데 가능하면 각자의 질문에 대하여 모두 대답을 하려고 합니다. 그러면 강연을 하고난 다음에 Q&A 타임이 이어지겠습니다.

저는 어릴 때부터 군중들을 봤을 때 이유는 모르겠지만 매우 흥분이 되었습니다. 피가 끓는 것 같은 느낌이었죠. 그래서 제가 초등학교부터 고등학교까지 12년 동안 응원반장을 했으며 여러분들과 다르게 공부는 아주 못했습니다(웃음).

14살, 15살 되었을 때 한국 국영 TV 방송에서 《글로벌 뮤직 비디오 파노라마》라는 이름의 프로그램이 있었습니다. 15살 때 그 프로그램에서 웹블리 스타디움에서 하는 '퀸'의 영상을 봤었는데 <보헤미안 랩소디>를 부르고 있었습니다, 정말 충격적이었죠. 무엇보다 노래 자체가 충격적이었는데 너무 길었기 때문이죠(웃음). 그리고 노래에 변화가 너무 많았습니다.

저는 한국인이라 가사가 뜻하는 내용을 몰랐고 그런 오페라류에는 익숙하지도 않았습니다. 느리게 가다가 갑자기 오페라로 바뀌면서 갈릴레오라는 말이 나옵니다. 그 다음 록(Rock)이 나오고 그 다음 느리게 가다가 또 노래가 나오죠, 전 그걸 보고 "야 저건 뭐냐?" 했죠(웃음). 그리고 그가 웃통을 벗고 그랜드 피아노에 앉아 있었습니다.

제가 군중들을 보면 흥분했다는 말을 했습니다만 그 영상에 거대한 군중이 있었는데 말 그대로 '프레디 머큐리'에 압도당

했습니다. 와! 음악, 노래, 공연 태도도 적절하고 모든 게 충격이었죠. 그걸 본 후, 저는 1년 동안 너무 충격적이어서 음악을 듣지 않았습니다. 그래서 1년 뒤 그들의 음악을 찾았고 지금까지 열혈한 팬입니다.

고등학교를 졸업한 후 대학을 가려고 미국에 갔습니다. 거기서 1996년에서 1999년까지 4년을 보냈습니다. 그 당시에 전 세계적으로 힙합이 유행했습니다. 따라서 저는 그 힙합에 완전히 영향을 받았습니다.

그때에 생애 처음으로 꿈을 가졌는데 작곡자였습니다. 그래서 작곡가가 되려고 노력했지요. 처음에 보스턴대학교에 들어갔지만 학교를 그만두고 수업료를 가지고 많은 걸 샀습니다(웃음). 컴퓨터도 사고 다른 물건도 사고 여전히 돈이 남아서 노는데도 썼습니다. 그리고 노래를 작곡하기 시작했습니다.

그 다음해에 버클리 뮤직 칼리지로 전학했습니다. 하지만 여전히 수업에 참여하지 않았습니다. 당시 저는 어린 나이였는데 제 생각은 다른 사람으로부터는 창작을 배울 수 없다는 것이었습니다. 스스로 창작을 배워야 한다는 게 당시 저의 생각이어서 지금도 여전히 저는 작곡을 할 때 마치 퍼즐을 풀듯이 합니다. 왜냐하면 조화나 논리적인 걸 모르기 때문이죠.

정말 어렵기는 합니다만 여전히 현명하게 작곡하고 있으며 후회하지는 않습니다. 왜냐하면 창의적이 되는 데에 있어서 때로는 학문적인 것이 창의성을 방해할 수 있다는 게 저의 생각입니다. 그때 처음으로 뭔가에 최선을 다했는데 곡을 만드는 것이었죠.

저는 어렸을 때 정말 춤을 잘 췄습니다. 멋진 춤은 아니었지만 그냥 춤이죠(웃음). 어렸을 때 오직 저의 관심은 여자들한테 멋지게 보이는 것이었죠(웃음). 그게 유일한 관심사였습니다. 제가 멋지게 보이지 않는다는 걸 알았기 때문에 멋지게 보이는 걸 개발해야 했는데 웃기게 말하고 웃기게 춤추고 웃기게 노래하는 등 웃기는 걸 하는 거였습니다. 웃기고 미소 짓게 하는 게 멋진 남자가 되게 한다는 생각이었지요. 그래서 그런 것들을 오랫동안 했습니다.

앞에서 말했듯이 작곡가를 꿈꿨는데 1년에 백여 곡을 썼습니다. 그 기간에 저는 기름이나 가스를 넣으러 두세 번 가는 거 빼고는 밖에 나가지 않았습니다. 정말 곡을 만드는데 모든 걸 집중했습니다. 그건 제 관심사였고 저를 위한 것이었습니다. 왜냐하면 저와 팬들이 출 수 있는 비트 있는 음악을 원했기 때문입니다. 혼자서 했는데 그게 저의 첫 관심사였죠.

들어보고 노래를 만들기 위해 방학 때 한국에 들어가서 50 곡이 수록된 데모 CD를 만들어 50여개 기획사를 찾아갔지요. 그걸 건네주면서 "제 이름은 박재상입니다. 이건 제 데모 CD 이구요. 저는 새 작곡자입니다. 마음에 들면 사실 수 있으며 협상 가능합니다. 들어보시죠"라고 말했습니다.

그 이후 2년 동안 한곡도 팔리지 않았습니다. '이젠 어떡하지?' 왜냐하면 작곡가가 되려고 3년을 넘게 보냈지만 한 곡도 팔리지 않았기 때문이죠. '그럼 이제 뭘 하지?'

그런데 여기 다들 몇 살이죠? 평균 21살? 22살? 모두? 몇은 그렇게 보이지 않아서…(웃음). 그때 저는 23살이었고 이후 뭘 해야 할지를 결정해야했습니다. '이제 뭘 해야 할까?'를 생각 했습니다. '계속 작곡을 할까? 아니면 바꿀까?' 등등 이었죠. 당시 난 결정을 해야만 했습니다. 왜냐하면 아주 보수적이고 엄한 아버지가 계시기 때문입니다. 엄하다는 건 강철같이 강하다는 뜻이죠(웃음).

개인적으로는 집안에 가업이 있었는데 한국에서는 아들이 아버지의 업을 잇는 엄한 전통이 있습니다. 불행하게도 자식 중에서 아들이 저 혼자입니다. 태어날 때부터 가업 잇기를 강요받았지만 유감스럽게도 저는 그걸 받아들이는 아이가 아니었지요.

23살이던 그해, 제 노래를 저에게 팔기로 결정했습니다(웃음). 그게 작곡가가 되는 유일한 길이었어요. 그래서 제가 작곡한 것을 제가 부르기로 결정한 것입니다. 영국, 미국, 유럽 등 전 세계와 마찬가지로 한국도 가수나 연예인은 잘 생겼고 날씬합니다(웃음). 심지어 남자인데도 대부분 예쁩니다. 그래서 한국에서 데뷔 했을 때 그건 재앙 같았습니다.

사람들이 저에게 "누구냐?"고 말하지 않고 "저건 뭐냐?"라고 했습니다(웃음). 제가 데뷔했을 때 흔한 코멘트였죠. 그때가 2000년이었습니다. 그렇게 데뷔를 했고 여러분들은 그걸 <강남스타일>의 12년 젊은 버전으로 볼 수 있습니다. 왜냐하면 그런 줌 동작, 비디오 그런 모양 등등이었기 때문입니다.

그렇게 데뷔를 했지만 유명해지지 않았습니다. 완전 실패였습니다. 6개월 넘게 실패였습니다. 그래서 그때부터 '이젠 뭘 하지?'라는 생각을 했습니다. 저에게 제 노래를 팔았는데 잘 안 되는 것 같았습니다(웃음). 그래서 '이젠 뭘 하지?' 하고 생각한 거죠. '그만두고 한 번 더 작곡가나 할까? 다 때려치우고 다시 비즈니스 스쿨이나 갈까?' 등등 정말 혼란스러운 시기였습니다.

그래서 무슨 수를 써서라도 제가 할 수 있는 걸 하기로 결정했습니다. 한국에는 국영 TV 방송국 건물이 있는데 그 건물의

한 층에 모든 PD들과 감독들이 있는 사무실이 있어요. 저는 거기에 갔어요. 모두들 일을 하고 있는 사무실의 긴 복도에서 저는 춤을 추기 시작했어요(웃음). 그리고 저는 "나 좀 보세요!" 하고 소리를 질렀습니다(웃음). 그건 정말 우습고 재미있는 상황이었는데 이유는 모르겠지만 그들이 놀라더군요(웃음). 그리고 경비를 불렀고 "저 자를 끌어내!"라고 했습니다. 그래서 전 "저 좀 보세요!"라고 했고 최선을 다해 춤추고 모든 걸 했습니다.

그때 PD 한 사람이 저를 봤고 "야 그 동작 뭐야? 그건 본 적이 없는 동작인데, 그건 뭐지? 한 번 더 할 수 있어?"라고 했어요. 그래서 했죠. 그러자 그가 "내 쇼에 나올 수 있어?" 하더군요. 그렇게 해서 저는 국영 한국 TV 방송 첫 출연을 하게 되었죠.

방송에 출연하자 많은 시청자들이 제 춤을 봤습니다. 당시 저는 오늘 입은 것 같은 옷을 입었는데요. (자신의 팔을 만지며) 저는 이런 두툼한 팔을 가졌죠(웃음). 안의 셔츠는 팔이 없는 민소매였습니다. 그래서 재킷을 입으면 춤추기가 편합니다. 제 코디는 제가 재킷을 벗으리라곤 생각을 안 했습니다. 편의상 팔이 없는 민소매를 입고 이런 재킷을 입고 TV에 출연을 했고 춤을 췄습니다.

그런데 춤을 추는데 스튜디오 안의 많은 열기가 느껴졌습니다. 그래서 재킷을 벗었지요(웃음). 생방송이었습니다. 그것도 국영방송 첫 출연에서 말입니다. 일부러 그런 건 아니었으며 너무 더워서 재킷을 벗은 겁니다. 그래서 팔 없는 민소매셔츠를 본 겁니다(웃음). 팔이 없어 제 팔뚝 살을 보게 되었고, 그게 처음이었는데요. 한국은 매우 엄격한 나라입니다. 팔뚝이 TV에 나온 게 그게 처음이었습니다(웃음). 하지만 최악은 근육이 없는 팔뚝을 그들이 봤었다는 것이죠(웃음). 그렇게 한 것이 제 첫 출연이었습니다. 그런데 그게 통했습니다.

퀸을 완전히 존경한다고 이야기를 했습니다만 저는 프레디 머큐리의 언급에서 뭔가를 배웠습니다. 예전 BBC 다큐멘터리였는데 그가 말한 것은, 여러분들 퀸 알죠(웃음)? 미안합니다. 제가 여러분들 보다는 좀 나이가 많아서요. 그들은 여자 오페라 가수 같은 의상을 입었었는데 팔은 늘어뜨리고 손톱과 발톱에 매니큐어를 칠하고 마스카라도 엄청나게 하고, 아주 긴 머리를 했어요. 그렇게 한 10년 후에 그들이 BBC와 인터뷰를 했는데 프레디 머큐리가 말한 것은 "우습게 보이지만 그러면 통한다"는 거였습니다. 그 코멘트는 제 교훈이기도 합니다. 그래서 제가 의도를 가지고 재킷을 벗은 건 아닙니다만 어쨌든 그게 먹혔습니다. 그런 면에서 국영 TV 방송 복도에서 한 것이나 팔이 없는 민소매셔츠나 당시 저는 할 수 있는 뭐든지 했다고 생각합니다. 첫 출연에서요.

그런데 제가 비록 TV 출연은 했지만 그게 제가 유명해졌다거나 인기를 얻었다는 걸 뜻하지는 않았습니다. 여전히 사람들은 저를 좋아하지 않는 것 같았습니다.

2000년 당시 한국에는 4명, 5명, 6명, 8명으로 구성된 많은 남성그룹들이 있었는데 그들은 아주 예쁘장하고 날씬하고 모두 로봇처럼 척척 춤을 추고 숨도 안 쉬고 척척척 추었는데 아주 강렬했습니다.

제가 했던 것은 사람들이 내가 춤춘 걸 보고 '우리도 할 수 있겠는데' 하고 생각하게 한 것입니다. '싸이 춤 할 수 있겠는데'였었죠. 요새 여러분들이 말춤 추듯이 말입니다. 제가 생각한 것은 저는 거저 보여주는 것 대신에 참여하는 걸 제공하는 것이었습니다.

멋진 남자는 보여주는 그런 걸 할 수 있지만 저 같은 외모의 남자는 참여를 제공할 수 있는 거죠. 그런 게 12년 전에 있었으며 한국에서 좀 잘했습니다.

아! 제 경력에서는 나쁜 일도 좀 있었는데요. 여기 한국인이 있다면 알 수도 있을 겁니다. 한국은 정말 보수적이고 엄격합니다. 그들은 아티스트에게 높은 도덕적 기대를 가지고 있습니다. 이유는 모르겠습니다만 정말 높은 요구 수준의 도덕입니다. 그런데 저는 도덕적이지가 않아요(웃음). 전 그게 아티스트가 아니라고 생각해요. 그건 정치인이나 그런 것이죠. 그들은 도덕적이어야 합니다만 아티스트는…. 무대에 선 아티스트의 의무는 광대가 되는 거라고 생각합니다. 사람들을 울고 웃고 기쁘고 슬프게 만드는 게 의무라고 생각하는 거죠. 그래서 제가 도덕적일 필요는 없죠. 따라서 이런 철학은 한국 아티스트로선 적합지 않은 겁니다. 그래서 전 한국에서 많은 실수와 많은 사고를 쳤습니다. 자세한 건 말씀드릴 수 없지만 정말 끔찍했습니다(웃음).

한국에서는 만약 그들이 나쁜 사고·일·태도·행동에 관련되어 있거나 만약 실수를 하면 정말 극복하기가 어렵습니다. 그런데 왜 그런지는 잘 모르겠습니다만 다행스럽게도 한국 사람들은 싸이의 도덕에 대해선 그다지 많은 기대를 하지 않았습니다(웃음). 그래서 두세 번 정도 용서를 받았지요.

데뷔 후 지난 10년 동안 5개의 앨범을 내고 2011년 6집 앨범을 기획하고 있었습니다. 당시 저는 핫 아이콘이 아닌 유명한 콘서트 가수의 한 사람이었습니다. 따라서 여러분들은 누

구처럼 생각할 수 있는데 예를 들면 뭐더라? 어… 로비 윌리
엄스 같은 사람(웃음)? 예 그렇죠. 제 콘서트는 정말 한국에서
큰 것 중에 하나인데요. (영국의 5인조 꽃미남 밴드) 원 디렉션
같은 그런 멋진 건 아닙니다(웃음).

저는 6집 앨범을 기획하면서 데뷔 시절로 돌아가야겠다고
생각했습니다. 웃기는 동작, 웃기는 노래, 웃기는 춤으로 사람
들이 웃을 수 있도록 만들어야겠다고 생각했어요. 왜냐하면
전 세계적으로 경제가 아주 침체되어 있기 때문인데 한국도
아주 안 좋습니다.

그래서 저는 12년차 가수로서 제 음악, 춤, 비디오로 사람들
을 재미있게 하는 게 제 직업의 일부라고 여기고 노래를 만들
려고 했는데 솔직히 최대한 웃기게 보이려고 최선을 다했습니
다(웃음). 마침내 노래가 나왔고 <강남스타일>을 불렀죠. 그게
6번째 앨범의 싱글입니다.

제가 그 노래를 생각했을 때 여러분도 춤 동작을 봤겠습니
다만 말 타기 춤이라고 불리는 것입니다. 지난 12년간 이게 6
번째 앨범이니까 한국에서 전에 5번의 춤 동작이 더 있었는데
아주 유명했습니다. 저에게 다른 춤동작을 만든다는 게 정말
중압감이었습니다. 저와 한국인 안무가는 말춤을 만드는데 30
일도 넘는 밤을 보냈습니다(웃음). 웃기겠지만 그 춤을 만드느

라 우린 아주 심각했습니다(웃음). 모든 걸 시도해 보았습니다. 그 30일 밤 동안 말만 시도한 것이 아니라 모든 물체를 시도했습니다(웃음). 말, 뱀, 원숭이, 캥거루, 낙엽, 해, 달, 모든 걸 해봤어요. 캥거루는 좋아서 깡충깡충 뛰어보기도 했는데(웃음) 좋긴 했지만 그렇게 활력이 있는 것 같지가 않아서 넘어갔고 말을 생각한 겁니다.

노래, 비디오를 2012년 7월15일 내놓았습니다. 저는 뮤직비디오를 유튜브에 한국 유저들만을 위해 올렸습니다. 일부 한국인들도 유튜브를 이용하기 때문인데요(웃음). 그들을 위해 업로드를 했죠. 업로드 10~15일 쯤 후에, 저는 로비 윌리엄스의 팬입니다만 이유는 모르겠는데 그가 내 비디오를 그의 블로그에 업로드 했고, 그리고 말하길 자세히 기억은 못하겠는데 자신의 팬에게 말하길 "뭔가에 지쳐있다면 이걸 봐라(웃음)." 그런게 계속해서 일어났습니다.

전 세계 많은 유명인들과 팝스타들이 자기 트위터에 내 비디오를 트윗하기 시작했습니다. 유명인들은 각자 자기 트위터에 엄청난 팔로워를 가지고 있는데 그 팔로워들이 제 비디오에 와서 '이 자가 누구냐?'라는 토론을 하기 시작했습니다.

아마 발매 10여일 후인 7월 20며칠쯤인가 제 소속 기획사 사람들에게 들은 이야기입니다만 그들이 저에게 "무슨 일이 벌어지고 있는 것 같다"는 거예요. 그래서 "뭔데?" 그랬죠. "유튜브 코멘트에 다른 나라 말이 있는데…." 그래서 "다른 나라 말? 뭔데?" 그랬죠. 한국말이 아닌 영어 같은 것이 있었는데 한국인들도 영어를 쓸 수 있습니다만(웃음) 한국계 미국인들도 많죠. 그래서 제가 들어가서 코멘트를 봤더니 6,7개국의 언어가 있었는데 제가 읽지도 못하는 말이었고 불어, 남미어도 있고 코멘트에 여러 언어가 있는 거예요.

아시아 언어권은 제 국적을 가지고 "중국인이다 한국인이다 일본인이다" 하면서 서로 싸우고 있었습니다(웃음). 그래서 저는 그때 솔직히 당시 제가 말했던 건 WTF(What The Fuck)이었습니다(웃음). 이게 젠장 무슨 일이냐는 거죠. 그리고서 저에 대한 보도가 CNN BBC에서 시작되었어요.

그래서 '무슨 이런 일이!' 하다가 그 이후 전화를 하나 받았는데, 다행히 대학을 미국에서 보냈기에 영어를 조금 할 줄 압니다(웃음). 누군가 전화를 해서 말하길 "헤이 아 유 싸이?" 이건 실시간 전화였습니다. "예 누구십니까?" "저는 스쿠터 브라운이고 저스틴 비버 매니저입니다"라는 거예요. 저는 그가 전화를 잘못 걸었거나 스팸전화 아닌가 생각했죠(웃음). 정말입니다. '왜 저스틴 비버의 매니저가 전화를 했겠냐?' 이거였죠. 그가 "난 저스틴 비버의 매니저고 당신과 함께 일하고 싶다"

고 말했어요. 제가 제일 먼저 말한 것은 "헤이 당신이 저스틴 비버의 매니저면 나는 저스틴 비버다. 뭔 소리 하는 거야(웃음)?" 그랬습니다. 그게 우리 첫 대화였습니다. 그래서 "당신이 저스틴 비버의 매니저면 증명해보라"고 했더니 이메일로 비버와 함께 한 사진 몇 장을 보내왔습니다. 그걸 증거로 제가 전화를 했고 먼저 제가 사과를 했습니다(웃음).

스쿠터 브라운이 LA로 저를 초대했고 제가 LA로 갔습니다. 한국에서 LA까지 10시간이 걸리는 비행기 안에서, 저는 그 10시간 동안 아주 많은 걸 생각했습니다. '왜 내가 여기 있고, 비행기를 타고 있고, 왜 비버 매니저가 나에게 전화를 하고 왜 내가 거기에 가고 있고 그런 다음에 뭘 해야만 할까?' 등등. 13, 14년 전에 작곡가로 실패했을 때 '이젠 뭘 해야 하지' 생각했었듯이 말입니다.

저는 그때 많은 아시아인들이 서구 음악 시장으로 많은 도전을 한 것에 대해 생각했습니다. 그전에 많은 도전들이 있었지만 쉽지 않았고 쉽게 보이지도 않았습니다. 그래서 그 이유에 대해 '왜 우린 그들과 함께 즐길 수 없을까? 왜 우리 음악을 그들과 함께 공유할 수 없을까? 왜?' 하고 생각해 본 결과 제 생각은 '아마 될지도?' 였습니다.

많은 아시아인들이 서구 음악 시장의 문을 두드리면서 그들

은 자신이 서구 출신인 것처럼 행세를 하려고 했습니다. 하지
만 우리는 서구가 아닌 동양 출신이며 전 한국인입니다. 그래
서 제 생각은 '좋다. 난 미국인도 아니고 영국인도 아니다. 그
들인 체하지 않고 한국인이 되겠다'라고 마음먹었습니다. 그
래서 첫 번째로 가사를 바꾸지 않겠다고 결정했습니다. 왜냐
하면 제가 영어를 사용하면 여러분들이 이해는 하겠지만 흥미
없는 게 된다고 저는 생각했습니다.

이미 여러분들은 영어를 사용하는 많은 멋진 가수들을 가
지고 있습니다. 그리고 그들은 저보다 영어를 더 잘합니다.
하지만 제가 한국말을 하면 비록 가사를 이해하지 못한다 하
더라도 여전히 호기심으로 들리겠죠(웃음). 왜냐하면 제가 한
국인이기 때문에 한국어로 노래를 하면 서구에서 최고가 될
수 있습니다. 그래서 좀 위험성이 있긴 하지만 한국어 가사
를 유지하겠다고 생각했고 비버의 매니저에게 가사를 바꾸
지 않겠다는 요구를 하겠다는 거였습니다.

그리고 도착해서 그를 만나 첫 번째로 요구한 것은 가사를
바꾸지 않는다는 거였습니다. 그럴 여유가 되면 계약하자고
했는데 그도 똑같은 생각이었다고 하여 계약했고 한국어로
전 세계에 발매했습니다. 그건 제가 한국을 사랑해서가 아니
라 제가 할 수 있는 걸 해야만 했으며 제가 잘할 수 있는 걸

찾아야 했었기 때문입니다.

저는 영어를 그리 잘 하지 못합니다. 그런데 제가 지금 한국 말로 하면 15초면 여러분을 포복절도하게 만들 수 있어요(웃음). 정말입니다. 정말 어렵네요. 저 지금 아주 심각하게 보이죠? 영어로 하기 때문이에요. 잘 모르겠는데 영어로 하면 아주 심각하게 된단 말이에요(웃음). 이유는 잘 모르겠어요.

그 계약 이후 전 많은 것들을 했습니다. 미국 TV에서 등등. 영국은 오피셜 차트가 있죠? 어? 오피셜 그거 아닌가요? 오피셜 차트 몰라요? 아! 영국 오피셜 차트(UK Official Chart)군요(웃음). 엄청 다른 거군요.

한 달 전쯤인 것 같던데 한국어로 부른 <강남스타일>이 영국 오피셜 차트에서 1위를 했어요. 여전히 빌보드 2위이기는 하지만 영국 오피셜 차트예요! 상업음악의 본고장에서 넘버원이에요. 아시아인이자 한국인으로 한국말을 가지고서요.

재미있는 건 제가 이 노래로 공연할 때마다 사람들을 봤을 때 행복하기도 하고 미안하기도 합니다. 행복한 건 그들이 아주 행복해 보여서입니다. 미안한 건 그들이 가사에 대해 전혀 모른다는 겁니다(웃음). 멋지지 않아요? 그들은 가사를 알 필요가 없어요. 따라서 아마도 그들은 각자만의 가사 버전을 가질 수도 있겠다는 생각이었습니다. 섹시 레이디(Sexy Lady)가 나올 때까지 각자의 가사를 가지는 것이죠(웃음).

그리고 계약 몇 달 후 지금 옥스퍼드에 왔습니다. 지난 2주 동안 한국에서 호주로, 미국으로, 캐나다로, 프랑스로, 그리고 지금 이 자리에 와 있습니다. 전 정말 골초인데 비행기를 많이 타야 하니 뭐 이건 완전 고문입니다(웃음). 그래도 유명인인데 화장실에서 담배를 필 수도 없고 고문이에요. 10시간, 15시간 걸려서요. 그리고 계속 시차적응…. 그래서 솔직히 오늘이 며칠인지 잘 모르겠습니다. 하지만 제가 옥스퍼드 유니언에 서 있고 여러분들이 제 이야기를 듣고 있습니다. 죄송합니다만 개 같은 일이 벌어진 거죠(웃음).

(질문)

후속곡에 대하여는 지금 새 싱글을 작업 중에 있습니다. 저의 전 세계 데뷔 싱글이 될 것입니다. 2013년 2월이나 3월이 될 건데 늦어도 3월에 나올 것입니다. 지금 공동 작업도 진행되고 있습니다. 솔직히 말씀 드릴 수는 없는데 비밀이어서가 아니라 계약 때문이며 아직 확실치가 않아서 입니다. 우린 지금 몇 가수와 작업 중이며 다음 싱글 가사는 반은 한국어 반은 영어가 될 것입니다. 그래서 섹시 레이디만이 아닌 좀 더 많은 가사를 알아들을 수 있을 겁니다(웃음).

저는 〈강남스타일〉로 꿈과 악몽 사이에서 살고 있습니다. 옥스퍼드 유니언에서 강연하는 건 꿈 중의 하나이죠. 하지만 악몽은 다음 곡에 대한 것입니다. 저는 〈강남스타일〉을 넘어서야만 합니다. 유튜브 조회 숫자를 넘어야 하고 말춤을 넘어야 하고(웃음) 뮤직비디오의 모든 걸 넘어야 합니다. 화장실 씬(웃음), 엘리베이터 씬. 제가 어떻게 엘리베이터 씬을 넘을 수가 있겠어요(웃음)? 아주 지저분하잖아요(웃음). 어떻게 그걸 이긴단 말이에요? 인간이 그것보다 더 추잡할 수 없죠(웃음)?

어떤 상황에서도 긍정적일 수 있는 큰 재능을 주신 부모님

께 정말 감사드립니다. 제 이전에도 많은 케이팝 가수들이 있
었죠. 대부분이 보이밴드 걸밴드였습니다. 솔직히 저는 12년
동안 한국만을 위한 가수였고 한국에서 활동했습니다. 국제적
인 가수가 되려는 그 어떤 노력도 하지 않았습니다. 뮤직비디
오를 유튜브에 올린 게 전부입니다. 나는 참 행운아죠.

저는 이와 같은 전 세계적인 엄청난 성공이 제 젓이 아니라
고 생각해요. 그걸 먼저 생각하고 있습니다. 원래 제 것이 아
닌 거죠. 저는 한국에서 온 누군가가 전 세계적으로 유명해지
는 것이 제가 될 것이라곤 전혀 생각해 보지 않았습니다. 그
런 꿈도 꾸지 않았습니다.

요사이 이 나라 저 나라에서 세계적인 현상이 된 것은 나에
게 있어서 부수적이라 봅니다. 나의 것이 아닙니다. 유지된다
면 행복하겠지만 그렇지 않아도 행복할 수 있습니다. 지금까
지 제가 한 것에 완전히 만족하기 때문이지요.

저는 제 자신을 상품으로 생각합니다. 상품은 사람들이 원
하는 게 유지되어야만 하죠. 저는 이걸 성공으로 부르지 않습
니다. 제가 만든 것이 아니라 사람들이 만든 것이죠. 그렇죠?
<강남스타일> 현상을 제가 만든 것이 아닙니다. 사람들이 클
릭하고, 선택하고, 패러디하고 그들이 만든 겁니다. 따라서 이

건 성공이 아니라 그저 현상입니다. 따라서 제 다음 곡은 성공 또는 실패가 될 수 있는데 저에 의한 것이지 사람들에 의한 것이 아닙니다. 그래서 다음 곡은 제가 좀 더 웃겨 보이게 될 겁니다(웃음). 그들이 싸이인 저와 <강남스타일>을 하나의 상품으로 선택했고 웃겼기 때문입니다.

어떤 아티스트와 어떤 뮤지션은 웃기게 보이는 걸 좋아하지 않습니다. 이유는 잘 모르겠습니다만 저는 음악으로 즐겁게 하는 건 가장 강력한 언어라고 생각합니다. 언어를 알 필요가 없잖아요. 그저 앉아서 듣고 느낄 수 있잖아요.

음악으로 웃기는 거 그런 식으로 <강남스타일> 보다 더욱 더 웃겨야만 하게 될 겁니다. 다음 곡은요.

(싸이는 강연과 질문에 대한 대답을 마친 후 학생들에게 <강남스타일>의 말춤을 가르친 후 이들과 단체 말춤을 추는 것으로 마무리했다.)